불가리아 출신
율리안 모데스트의 에스페란토 원작 장편소설

Maja pluvo

5월 비

율리안 모데스트(Julian Modest) 지음

5월 비

인 쇄 : 2022년 5월 16일 초판 1쇄
발 행 : 2022년 5월 20일 초판 1쇄
지은이 : 율리안 모데스트(Julian Modest)
옮긴이 : 오태영(Mateno)
표지디자인 : 노혜지
펴낸이 : 오태영
출판사 : 진달래
신고 번호 : 제25100-2020-000085호
신고 일자 : 2020.10.29
주 소 : 서울시 구로구 부일로 985, 101호
전 화 : 02-2688-1561
팩 스 : 0504-200-1561
이메일 : 5morning@naver.com
인쇄소 : TECH D & P(마포구)

값 : 13,000원
ISBN : 979-11-91643-54-1(03890)

불가리아 출신
율리안 모데스트의 에스페란토 원작 장편소설

Maja pluvo
5월 비

율리안 모데스트(Julian Modest) 지음

오태영 옮김

진달래 출판사

JULIAN MODEST

MAJA PLUVO

Romano originale verkita en Esperanto

94 pages
Published 1984 by Fonto

목차(Enhavo)

1.

Ekstere la maja suno elpafas sennombrajn radiojn, sed en la Instituto regas malvarmeto. Ĉi tie la sabatoj ordinare estas trankvilaj. la festa helo lumigas la vizaĝojn de la kolegoj kaj tiu ĉi helo radias ankaŭ en la atmosfero inter ili.

La labortago finiĝis, sed Mladen ankoraŭ sidas ĉe sia skribotablo kaj silente laboras. Ĉirkaŭ li la skribmaŝinoj mutas. Tra la malfermita fenestro alflugas tenera odoro de akacioj kaj Mladen nevole rememoras la majan tagon de sia naskiĝo. Eble la unua gluto da aero, kiun li enspiris, havis la saman odoron de florantaj akacioj, lu malfermis la pordon. Estas la purigistino kaj Mladen komprenas, ke ankaŭ la lasta labortago de la semajno finiĝis. Hejme oni jam atendas lin. La tablo certe estas aranĝita por la tagmanĝo kaj kiel ĉiam sur la blanka tolkovrilo estas kvar teleroj, kvar kuleroj kaj kvar glasoj por biero.

Anna eble estas en la ĉambro, kie dormas ilia sesmonata filo. La bopatrino de Mladen certe estas en la kuirejo, ĉe la kuirforno kaj la bopatro eble sidas sola en la gastĉambro, apud la malfermita fenestro. Mladen perfekte konas tiun ĉi familian bildon antaŭ la sabataj tagmanĝoj.

Ĉio estas bone, akurate preparita kaj ĉiuj atendas lin.

1. 결혼기념일

밖에는 5월의 태양이 셀 수 없는 빛을 쏟아내지만, 연구소는 조금 서늘한 기운이 가득하다.

여기 토요일에 보통은 조용하지만, 즐거운 축제가 연구원들이 얼굴을 환하게 하고, 이것이 그들 사이의 분위기도 역시 환하게 한다.

근무 시간이 끝났지만 **믈라덴**은 아직 자기 책상에 앉아 조용히 일한다.

그 주변 타자기는 말이 없다.

열린 창을 통해 아까시나무의 부드러운 향기가 날아들고 믈라덴은 자기도 모르게 자신이 태어난 5월의 하루를 기억한다.

그가 마시는 한 방울의 공기가 꽃 핀 아까시나무의 한 방울 향기와 같다.

누군가가 문을 열었다.

여자 청소원이고, 믈라덴은 즉시 이번 주 마지막 근무 일이 역시 끝난 것을 알아차린다.

집에서는 벌써 그를 기다린다.

식탁은 분명 점심 식사를 위해 차려져 있고, 늘 하얀 식탁보 위에 4개의 접시와 4개의 수저와 4개의 맥주잔이 놓여 있다.

안나는 아마 여섯 달 된 아들이 자는 방에 있을 것이다.

믈라덴의 장모님은 분명 부엌 요리하는 가스레인지 옆에 계시고 장인은 아마 창문이 열린 거실에 혼자 앉아 계실 것이다.

믈라덴은 토요일 점심 전 이 가정의 그림을 완전히 안다.

모든 것은 정확히 잘 준비되었고 모두 그를 기다린다.

Estas unua horo kaj duono kiam Mladen eniras en la domon. Ankoraŭ en la vestiblo li eksentas ion neordinara. Anna kisas lin kaj kaŝe, sed atente enrigardas en liajn okulojn. Tiu ĉi neatendita rigardo mirigas lin, sed en la kuirejo la afero jam havas klaran esprimon. La tablo ne estas kovrita per la ĉiutaga blanka tolkovrilo, sed per la plej oficiala, kiu havas koloron de malnova brila oro. Vazo kun kelkaj freŝaj lekantoi staras sur la tablo kaj anstataŭ glasoj por biero estas elegantaj glasoj por vino.

Ankaŭ en la okuloj de liaj gebopatroj videblas io festa, io enigma kaj en la sama momento ia silenta riproĉo. Mladen eksentas tiun ĉi riproĉon de la rapidaj rigardoj, kiujn interŝanĝas inter si liaj gebopatroj.

– Jes, vi forgesis. – diras Anna. Ŝia voĉo eksonas mallaŭte, senreviĝe. – Vi forgesis, sed ne estis tiel delonge. Nur tri jaroj pasis de tiam . .

Ombro vualas la helajn okulojn de Anna. Subite de ie malproksime, Mladen kvazaŭ perceptas la sonojn de la nupta himno. Strange, antaŭ unu horo li rememoris pri sia naskiĝtago, sed tute forgesis la majan tagon de ilia nupto.

– Kion vi imagas, ĉu mi povas forgesi nian feston? – provas tuj respondi Mladen, sed Anna ne lasas lin fini.

– Estu sincera! Vi forgesis. Mi vidas tion en viaj okuloj.

– Kredu, mi ne forgesis, mi deziris surprizigi vin.

믈라덴이 집에 들어갈 때는 1시 반이다.

아직 현관에서 그는 무언가 특별한 것을 느낀다.

안나가 그에게 입 맞추고, 몰래 하지만 조심스럽게 그의 눈을 바라보았다.

이 예기치 않은 눈길이 그를 놀라게 했지만, 부엌에서 사건은 벌써 확실하게 벌어졌다.

식탁은 날마다 하는 하얀 식탁보가 아니라 오래되고 빛나는 황금색, 가장 공식적인 것으로 덮여 있다.

신선한 마거릿 몇 송이가 담긴 꽃병은 식탁 위에 놓여 있고 맥주잔 대신 우아한 포도주 잔이 있다.

또한, 장인 장모님 눈에는 무언가 축제의 수수께끼, 동시에 어떤 조용한 질책이 보였다.

믈라덴은 장인 장모 사이에서 그들이 서로 나누는 빠른 질책의 눈길을 느꼈다. "그래, 당신이 잊었네요." 안나가 말한다. 그녀의 목소리는 작고 현실적으로 들렸다.

"당신이 잊었지만 그렇게 오래되지는 않았지요. 오로지 그때부터 3년이 지났어요."

그림자가 안나의 밝은 눈을 덮는다.

갑자기 어디서 멀리 믈라덴은 마치 결혼 축하 소리를 인식한 듯했다. 이상하게 한 시간 전 그는 그들의 결혼기념일을 기억했지만, 결혼한 5월의 그 날을 완전히 잊었다.

"무슨 생각이야. 내가 우리 축하를 잊을 수 있겠어?"

믈라덴은 즉시 대답하려고 했지만, 안나는 그가 말을 끝내도록 가만두지 않았다.

"솔직해요. 당신은 잊었어요. 당신 눈에서 그것을 봤어요."

"믿어요. 나는 잊지 않았어요. 당신을 놀라게 하고 싶었어."

Sed en lia malfirma voĉo oni povas eksenti sinceran bedaŭron.

– Jes, ankaŭ mi deziris fari surprizon al vi kaj tial mi ne rememorigis vin hieraŭ pri la datreveno de nia nupto. – Anna ekridas kaj en ŝia rido estas la samaj sonoj de ofendo, kiujn Mladen eksentis en ŝiaj vortoj.

– Duope estu ĉiam feliĉaj kaj amu unu la alian! – solene diras la bopatro de Mladen kaj hezita rideto trakuras malantaŭ liaj okulvitroj.

– Ne duope, triope! – korektas lin la bopatrino kaj milde alrigardas al la ĉambro, kie dormas la nepo.

La bopatro rapide plenigas per hejma brando kvar malgrandajn glasojn kaj en la ĉambro ekblovas odoro de frukta ĝardeno dum aŭtuno. Je etaj glutoj ili ekdrinkas la fortan drinkaĵon kaj silente komencas la tagmanĝon. Kiom malmulte necesas al homo por esti feliĉa kaj kiom da malmulto povas ĉagreni lin, meditas Mladen.

Por hodiaŭa tago li eĉ unu floron ne donacis al Anna. Sur la tablo, kontraŭ li, la lekantoj kiel fajretoj bruligas liajn okulojn. Mladen scias, ke hodiaŭ Anna speciale aĉetis tiujn ĉi kelkajn lekantojn. La lekantoj estas simbolo de ilia familia vivo kaj Mladen vidas Annan tiel, kiel ŝi estis antaŭ tri jaroj en tiu sama maja tago. Ŝia longa nupta robo havis la koloron de la ĉielo kaj blankaj lekantoj ornamis la teneran ŝtofon.

하지만 그의 떨리는 목소리로 진실한 후회를 느낄 수 있다.
"그래요 나도 당신에게 놀라게 해주길 원했어요
그래서 어제 우리 결혼기념일에 관해 당신에게 기억시키지 않
았어요." 안나는 웃기 시작하고 웃음 속에는 믈라덴이 그녀의
말에서 느끼는 상처 받은 증거와 같은 소리가 들어있다.
"둘이서 항상 행복하고 서로 사랑해라."
위엄 있게 믈라덴의 장인이 말하고 그의 안경 뒤로 주저하는
웃음이 달려간다.
"둘이서가 아니라 셋이서."
장모가 그의 말을 고치고 손자가 자고 있는 방을 부드럽게 쳐
다보았다.
장인은 서둘러 집의 브랜디를 4개의 작은 잔에 채우고 방에서
는 가을 과일 정원의 향기가 묻어 들어온다.
강한 술을 조금만 마시고 조용히 점심을 시작한다.
사람이 행복 하는데 얼마나 작은 것이 필요한가?
그리고 얼마나 작은 것이 그를 귀찮게 하는가! 믈라덴은 깊이
생각했다.
오늘 하루를 위해 그는 꽃 한 송이조차 안나에게 선물 하지
않았다.
식탁 위에 그의 반대편에 불씨처럼 마거릿이 그들의 눈을 불
태웠다.
오늘 안나는 특별히 마거릿 몇 송이를 샀다고 믈라덴은 안다.
마거릿은 그들 가정생활의 상징이고 믈라덴은 3년 전 그 같은
5월의 날처럼 그렇게 안나를 본다.
그녀의 긴 결혼예복은 하늘색이고 하얀 마거릿이 부드러운 천
을 꾸몄다.

En mano Anna portis bukedon de freŝaj lekantoj kaj en ŝia malhela hararo kiel stelo brilis eta lekanto. Lekanto estis ankaŭ sur la refaldo de la festa kostumo de Mladen.

De tiu fora maja tago en la rememoroj de Mladen restis nur la suna rideto de Anna kaj la blankaj lekantoj en ŝia mola pala mano.

Post la nupta bankedo en la restoracio, la juna paro kun la gastoj revenis en la domon de Anna. Antaŭ la pordo, laŭ malnova hungara kutimo, la patro de Anna donis al la junaj geedzoj po sukerpeceto por ke estu, dolĉa ilia familia vivo.

Tiam Mladen rimarkis, ke la sekaj, longaj fingroj de lia bopatro tremas kiel folioj.

— Diru, kia estas via surprizo? — ĉesigas liajn rememorojn Anna.

— Hodiaŭ ni vespermanĝos en restoracio "Sofio", tie kie estis nia nupta bankedo.

La bluaj okuloj de Anna ekbrilas. Ili delonge ne estis en restoracio kaj post la naskiĝo de ilia filo ili preskaŭ nenie povis iri kune.

La bopatrino de Anna kontente aldonas:

— Bonege! Tiu ĉi vespero Emil estos nia. Mi kaj paĉjo okupiĝos pri li.

Ŝi rapide alrigardas sian edzon, kvazaŭ ŝi dezirus ekflustri al li: "Ili estas ankoraŭ tiel junaj..."

손에 안나는 신선한 마거릿 꽃다발을 들고 검은 머리카락에는 별처럼 작은 마거릿이 빛났다.

마거릿은 믈라덴의 결혼 예복 주름 단위에도 있었다.

그 먼 5월의 하루에 대한 믈라덴의 기억에서 오로지 안나의 해맑은 웃음이 남고 그녀의 부드럽고 하얀 손에 하얀 마거릿이 있다.

식당에서 결혼 축하 식사 뒤 젊은 부부는 손님들과 함께 안나의 집으로 돌아갔다.

문 앞에 옛 헝가리 관습에 따라 안나의 아버지가 젊은 부부에게 그들의 가정생활이 달콤하도록 설탕 조각들을 하나씩 줬다. 그때 믈라덴은 장인의 마르고 긴 손가락이 꽃잎처럼 떠는 것을 알아차렸다.

"말해요. 얼마나 놀랐는지?"

안나가 그의 기억을 멈추게 했다.

"오늘 우리는 결혼 축하 파티가 있었던 소피아 식당에서 저녁을 먹읍시다."

안나의 파란 눈이 반짝했다.

그들은 오랫동안 식당에 가지 않았고 그들의 아들이 태어난 뒤 거의 어디에도 함께 가지 않았다.

안나의 어머니는 기쁘게 덧붙였다.

"아주 좋아. 오늘 밤 **에밀**은 우리랑 있을게.

나와 아빠가 봐 줄게." 그녀는 빠르게 남편을 쳐다보았다. 마치 그에게 속삭이고 싶은 것처럼.

"그들은 아직 그렇게 젊으니"

La patro de Anna ekridetas, sed li ne komprenis la rigardon de sia edzino. Ordinare dum ilia tridekjara familia vivo, li ĉiam konsentis kun ŝi.

안나의 아버지는 살짝 웃었지만, 아내의 시선을 이해하지 못했다. 보통 30년의 가장 생활 동안 그는 항상 아내와 뜻을 같이했다.

2.

Anna ne deziras montri, sed Mladen sentas ŝian emocion. Ŝi longe elektas robon por tiu ĉi vespero kaj ne povas facile decidi.

– Surmetu la bluan, kun la lekantoj. – proponas Mladen.

La ĉielaj okuloj de Anna ekbrilas.

Kiel kara infano ŝi estas kaj strange, ŝiaj okuloj restis tiel puraj, profundaj kaj brilaj kiel antaŭ kvar jaroj kiam Mladen renkontis ŝin por unua fojo. Estis aŭgusto. Mladen longe memoros tiun sorĉan aŭguston kaj ĝian ravan maran odoron. Kvazaŭ agrabla laco kaj ebrio svebis en la mara urbo tiam.

Ili konatiĝis en internacia junulara tendaro, sed iliaj tagoj pasis sur la ora sablo ĉe la maro kaj en longaj promenadoj sur la krutaj stratoj de la urbo. Kiel nomiĝis la kafejo en kiu ili kutimis trinki bieron aŭ kafon dum la silentaj posttagmezoj? Ĉu ĝia nomo estis "Kosmo", "Metropolo" aŭ eble io simila? Tie en la angulo, ĉe la fenestro, staris tablo nur por du personoj. Ili sidis tie kaj rigardis longe kaj soife la senliman maran bluon.

Poste, kvazaŭ logitaj de la maro, ili promenadis ĉe la bordo ĝis kiam ili dronis en vualo de la somera nokto.

2. 안나와 첫 만남

안나는 보이고 싶지 않지만 블라덴은 그녀의 감정을 느낀다.

그녀는 오랫동안 이 저녁을 위해 옷을 골랐고 쉽게 결정할 수 없다.

"마거릿이 있는 파란 색을 입어요."

블라덴이 제안했다.

안나의 하늘색 눈이 빛났다.

그녀는 얼마나 사랑스러운 아이인가?

그리고 그녀의 눈이 4년 전 블라덴이 처음 그녀를 만난 때처럼 그렇게 순수하고 그윽하고 빛나는 것은 이상하다.

가을이었다.

블라덴은 오랫동안 이 매력적인 가을을 기억할 것이다.

가을과 그 황홀한 바다 냄새를 기억할 것이다.

그때 마치 상쾌한 피곤과 술 취함이 바다 도시에서 떠다녔다.

그들은 **국제청년야영회**에서 알게 되고 그들의 하루는 바닷가 황금 모래 위에서, 도시의 거친 길 위에서, 긴 산책으로 지나갔다.

조용한 오후에 맥주나 커피를 마시곤 했던 카페는 이름이 무엇이었나?

그 이름이 **코스모, 메트로폴로** 아니면 그것 비슷한 것인가?

거기 구석에 창 옆에 오직 2인용 탁자가 있었다.

그들은 거기 앉아서 오랫동안 갈증 나듯 끝없는 파란 바다를 바라보았다.

나중에 마치 바다에 홀린 것처럼 여름밤의 베일 속에 잠길 때까지 바닷가에서 산책했다.

Zigzagaj kaj silentaj estis la stratoj de tiu bulgara mara urbo. Foje ili longe serĉis ian ekspoziciejon en kiu estis pentraĵoj pri la maro. Neniu alia estis en la ekspoziciejo kaj ili promenadis solaj inter grandaj pentraĵoj, inter bluaj, violaj kaj oraj koloroj de la maraj pejzaĝoj. Tiam Mladen multfoje kisis Annan kaj ili havis la ravan senton, ke ili estas sur la silenta mara fundo, lumigitaj de tenera bluo.

Vespere, kiam ordinare ili revenis, Mladen ĉiam kaŝe sopiris, ke la vojo al la tendaro estu senfina. Neniam en sia vivo li vidis tiajn klarajn noktojn kiel tiam. La lumoj de la domoj brilis kiel flametoj de kandeloj, vicigitaj kvazaŭ de iu sur la mara bordo. Kaj en tiuj noktoj li kvazaŭ perceptis softan solon de trumpeto aŭ saksofono.

En la fino de aŭgusto Anna forveturis kaj kun si, ŝi kvazaŭ forportis ĉion: la maron, la someron, la trankvilon... Kaj Mladen longe devis alkutimiĝi al la nova penso, ke ilia efemera renkontiĝo estis sonĝo aŭ somera iluzio.

Ili interŝanĝis kelkajn leterojn kaj en oktobro aŭ novembro Anna skribis, ke ŝi ŝatus renkonti kun Mladen la Novan jaron en Sofio. Tiu ĉi letero fatale renaskigis en Mladen la forpasintan someron.

En decembra mateno, sur Sofia flughaveno, Mladen atendis la aviadilon de Budapeŝto.

이 불가리아 바다 도시의 길들은 지그재그로 조용했다.

한번은 그들이 바다에 관한 그림들이 있는 전시회를 오래 찾았다.

전시회에 다른 아무것은 없었다.

그리고 그들은 커다란 그림 사이에서 바다 풍경화의 파랗고 보랏빛에 황금색 사이에서 둘이서만 산책했다.

그때 플라덴은 여러 번 안나에게 입맞춤하고 그들은 부드러운 파란색으로 비추어진 조용한 바다 밑에 있는 매력적인 느낌이 들었다.

저녁에 보통 그들이 돌아올 때 플라덴은 항상 몰래 야영장으로 가는 길이 끝이 없기를 간절히 바랐다.

그의 인생에서 그때처럼 그렇게 분명한 밤을 본 적은 없다.

건물의 빛은 바닷가에 마치 누군가가 차례대로 세워 놓은 것 같은 초의 작은 불꽃처럼 빛났다.

그리고 그 밤에 그는 마치 트럼펫이나 색소폰의 부드러운 독주를 알아챈 것 같다.

8월 말에 안나는 떠났고 그녀와 함께 바다와 여름과 평온함 같은 모든 것을 가지고 그녀는 갔다.

그리고 플라덴은 그들의 일시적인 만남은 꿈이나 여름 환상이라는 새로운 생각에 익숙해져야 했다.

그들은 편지 몇 통을 나누고 10월이나 11월에 안나는 새해에 **소피아**에서 플라덴과 함께 만나고 싶다고 썼다.

이 편지가 플라덴에게 지나가 버린 여름을 결정적으로 다시 살아나게 했다.

12월 아침에 **소피아** 공항에서 플라덴은 **부다페스트** 비행기를 기다렸다.

Estis frosta, nebula vintra tago kaj pro la aĉa vetero, la aviadilo jam malfruiĝis tutan horon. La frosto senkompate penetris tra la mantelo de Mladen kaj iom post iom rigidigis lin.

Nur kelkaj personoj atendis la saman aviadilon kaj en la granda atendejo Mladen sentis sin kiel infanon, kiu perdis siajn gepatrojn en nekonata metropolo. La floroj, kiujn li pene sukcesis aĉeti ankoraŭ en la urbo, komike pendis en lia mano. La penso, ke post kelkaj minutoj Anna estos ĉi tie, ne lasis lin eĉ por sekundo ekstari sur unu loko. Li promenadis kaj lia rigardo streĉe sekvis la movon de la hormontriloj sur la elektrona murhorloĝo. Subite akra metala voĉo tranĉis la silenton:

– La aviadilo de aviokompanio "Malev" alteriĝis sur la flughaveno de Sofio.

Mladen ne komprenis, ĉu la anonco trankviligis aŭ plu emociigis lin.

Unu post alia el la eta pordo de la doganejo eliris naŭ aŭ dek personoj. Vintre ordinare la veturantoj ne estas pliaj. Dum kelkaj minutoj Mladen febre observis ilin. Kiam ankaŭ la lasta veturanto trapasis preter li kaj eliris sur la straton, Mladen vidis sin sola kun siaj nenecesaj floroj.

La metala ina voĉo de la informejo klarigis al li, ke hodiaŭ alflugos ankoraŭ du aviadiloj de Budapeŝto:

서리가 내리고 안개 낀 겨울날이다.

불안정한 날씨 때문에 비행기는 벌써 1시간이나 늦었다.

서리가 사정없이 믈라덴의 외투를 뚫고 들어와서 조금씩 그를 얼게 했다.

오직 몇 사람만 같은 비행기를 기다리는 커다란 대기실에 믈라덴은 낯선 대도시에서 부모님을 잃은 아이처럼 느꼈다.

도시에서 간신히 살아남은 꽃은 여전히 웃기게 자기 손에 들려 있다.

몇 분 뒤에 안나가 여기 있을 것이라는 생각이 잠시라도 그를 한 곳에만 서 있도록 하지 않았다.

그는 산책하고 그의 눈길은 전자 벽시계 위 시침의 움직임을 긴장하며 따라가고 있다.

갑자기 날카로운 차가운 목소리가 침묵을 깬다.

"항공사 '마레브'의 비행기가 소피아 공항에
착륙했습니다."

믈라덴은 광고가 그를 안정시키는지 더 감정을 불러일으키는지 이해하지 못했다.

차례로 세관의 작은 문에서 9명이나 10명의 사람이 나왔다.

겨울에 보통 여행객은 그렇게 많지 않다.

몇 분간 믈라덴은 열심히 그들을 살폈다.

마지막 여행객이 그 옆을 지나가 거리로 나갔을 때 믈라덴은 자신만 홀로 필요도 없는 꽃을 들고 있음을 보았다.

안내하는 차가운 여자 목소리가 그에게 오늘 부다페스트에서 비행기가 두 대 운행할 것이라고 설명했다.

unua ĉirkaŭ tagmeze kaj alia je la naŭa horo vespere. Sed Anna alvenis nek per la tagmeza, nek per la vespera aviadilo. Ankaŭ ne alvenis telegramo de ŝi.

Malfrue vespere, terure laca, Mladen revenis hejmen. Kuŝanta senmove en la lito li longe ne povis ekdormi. La ĉambro dronis en densa mallumo. La tempo kvazaŭ haltis. Subite en la obskuro eklumis la ĉielaj okuloj de Anna. Kelkajn sekundojn ili karese rigardis lin kaj Mladen dolore eksentis, ke iam ion karan por ĉiam li perdis.

Matene li skribis longan leteron al Anna. Li skribis, forstrekis, disŝiris paperojn, denove komencis... Anna ne gastis ĉe Mladen dum la Novjaraj festoj, ĉar tagon antaŭ ŝia forveturo, ŝia patrino suferis fortan koran krizon.

한 대는 약 정오에, 다른 것은 저녁 9시에.

그러나 안나는 정오에도 저녁 비행기로도 오지 않았다.

역시 그녀에게서 전보도 도착하지 않았다.

늦은 저녁 매우 피곤해서 믈라덴은 집으로 돌아왔다.

가만히 침대에 누워서 오래도록 잠이 들 수 없었다.

방은 깊은 어둠에 잠겼다.

시간은 마치 멈춘 듯했다.

갑자기 어둠 속에서 안나의 하늘색 눈이 빛나기 시작했다.

몇 초 동안 눈동자들은 사랑스럽게 그를 보았고,

믈라덴은 고통스럽게 언제나 영원히 사랑스러운 무언가를 잃었다고 느꼈다.

아침에 그는 안나에게 긴 편지를 썼다.

그는 쓰고 지우고 종이를 찢고 다시 시작했다.

안나는 새해 연휴 기간 믈라덴을 찾아오지 않았다.

출발 하루 전에 그녀의 어머니가 심장 마비를 일으켰기에.

3.

Tiun ĉi vesperon en la restoracio "Sofio" ne estas multaj homoj. En la blua robo Anna estas kiel fabela feino. La estro de la restoracio afable renkontas ilin ankoraŭ ĉe la pordo. Li proponas al ili trankvilan tablon en la angulo, ĉe la fenestro, kaj persone alportas ilian mendon. Lia ĝentileco mirigas Annan kaj eble ŝi pensas, ke hodiaŭ Mladen vere estis en la restoracio kaj rezervis tablon por ili.

La estro de la restoracio plenigas iliajn glasojn per malnova bulgara vino, bondeziras al ili agrablan vesperon kaj rapide revenas ĉe la pordo por atendi novajn gastojn.

Tiu ĉi afabla priservo mirigas ankaŭ Mladenon, sed li eksentas malvarmeton. La etaj okuloj de la restoracia estro glacie brilas.

La rubena vino allogas. Anna kaj Mladen malrapide levas kaj apenaŭ tintigas la glasojn. Iiaj rigardoj renkontiĝas, sed nek ŝi, nek li ekparolas. En tiu ĉi momento samaj pensoj kaj rememoroj obsedas lin kaj ŝin.

Kiel varma kaj suna estis tiu sama maja tago antaŭ tri jaroj kiam en tiu ĉi restoracio kolektiĝis iliaj familioj.

Tiam Anna kaj Mladen sidis ĉe la tablo kiu estas en la centro de la granda salono.

3. 결혼 축하잔치 회상

이 저녁 식당 **소피아**에서는 많은 사람이 없다.
파란 옷을 입은 안나는 동화의 요정 같았다.
식당 책임자는 친절하게 그들을 아직 문 옆에서 맞이했다.
그는 그들에게 구석 창가 조용한 탁자를 권유하고 손수 주문
을 받아 준다.
그의 친절함이 안나를 놀라게 해서 아마 그녀는 오늘 믈라덴
은 정말 식당에서 그들을 위한 탁자를 예약했다고 생각했다.
식당 책임자는 그들의 잔에 오래된 불가리아 포도주로 가득
채우고 그들에게 즐거운 저녁이 되기를 바라며 새로운 손님을
기다리려고 문 옆으로 서둘러 돌아갔다.
이 친절한 서비스가 믈라덴을 놀라게 했지만
조금 추위를 느꼈다.
식당 책임자의 작은 눈이 차갑게 빛이 났다.
홍옥 주(酒)는 매력적이다.
안나와 믈라덴은 천천히 들고 살짝 잔을 부딪친다.
그들의 시선이 만났지만, 그도 그녀도 말을 하지 않았다.
이 순간에 같은 생각과 기억이 그와 그녀를 가득 차지한다.
이 식당에 그들의 가족이 모였을 때.
 3년 전 그 같은 5월의 하루는
얼마나 따뜻하고 해가 비추었는지.
그때 안나와 믈라덴은 큰 홀의 가운데에 있는
탁자에 앉았다.

Antaŭ ili fajretis du blankaj kandeloj kun bluaj rubandoj.

Ĉe la tabloj unu kontraŭ aliaj sidis la gastoj: la gepatroj de Mladen, kelkaj liaj parencoj kaj amikoj, la gepatroj de Anna, ŝiaj kuzoj kaj kuzinoj, kiujn Mladen ankoraŭ ne tre bone konis.

Estis modesta, sed gaja edziĝfesto. La bulgaraj kaj hungaraj gastoj ne povis paroli unu kun aliaj, sed per feliĉaj ridetoj kaj ofte, oftege per levo de la glasoj ili bonege interkompreniĝis.

La patro kaj patrino de Mladen sidis dekstre de la junaj geedzoj. La patro ŝvitis en sia nigra mallarĝa kostumo, la ĉerizkolora kravato sufokis lin, sed liaj viglaj okuloj ridetis. Li estis kontenta.

La patrino de Mladen estis pala kaj aspektis kiel greka diino kiu milde ridetas, sed en ŝiaj grandaj nigraj okuloj kuŝis eta ombro, kiu eble restis tie ankoraŭ de la tago kiam Mladen sciigis ŝin pri la edziĝfesto.

Mladen longe ne kuraĝis diri al siaj gepatroj, ke li baldaŭ edziĝos, sed dum unu vespermanĝo, neatendite eĉ por si mem, li ĵetis la bombon en ilia familia trankvilo. Lia patro, kiu ordinare pli filozofe rigardis al la fenomenoj de la vivo, ŝerceme, eĉ gaje akceptis la subitan sciigon, sed lia patrino ĉesis manĝi kaj minuton aŭ du rigardis Mladenon tiel kvazaŭ unuan fojon en la vivo ŝi vidus lin.

그들 앞에 파란 리본이 있는 두 개의 하얀 촛불이 작게 타올랐다.

서로 마주 보며 탁자에 손님들이 앉아 있다.

믈라덴의 부모, 친척과 친구 몇 명, 안나의 부모, 믈라덴이 아직 잘 모르는 그녀의 사촌들.

소박하지만 즐거운 결혼 축하잔치였다.

불가리아와 헝가리의 손님들은 서로 말을 할 순 없지만, 행복한 웃음으로 자주, 아주 자주 잔을 들면서 그들은 서로 잘 이해했다.

믈라덴의 부모는 젊은 부부의 오른쪽에 앉았다.

아버지는 검고 작은 정장에 땀을 흘리고 체리색 넥타이가 숨을 막히게 하지만, 그의 활발한 눈은 작게 웃었다.

그는 행복했다.

믈라덴의 어머니는 창백해서 부드럽게 웃고 있는 그리스 여신 같다.

그녀의 검고 큰 눈에는 아마 믈라덴이 결혼 축하에 관해 알려준 날부터 남겨진 작은 그늘이 드리워있다.

믈라덴은 오래도록 부모에게 곧 결혼할 것이라고 감히 말하지 못했지만, 어느 저녁 식사 때 자기도 모르게 그들 가정의 평온함에 폭탄을 던졌다.

보통 인생의 현상을 보다 철학적으로 쳐다보는 아버지는 갑작스러운 통지를 기쁘게 받았지만,

그의 어머니는 먹기를 그만두고 일이 분간 마치 인생에서 처음 그를 본 것처럼 쳐다보았다.

- Mi konsentas. - aŭtoritate diris lia patro. - Malmultaj estias tiuj, kiuj trovas feliĉon en la edziĝo kaj mi opinias, ke oni devas edziĝi pli junaj por povi pli facile alkutimiĝi al la geedza vivo. Post kelkaj monatoj vi finos la universitaton. Pli bone ekkonu la praktikan vivon; la studado ne tre helpas en la ĉiutagaj problemoj. Ĉu ne?
- aplombe finis li kaj kontente alrigardis al la patrino, sed kiel ĉiam ankaŭ nun, li ne trovis subtenon en ŝiaj grandaj mutaj okuloj.

Mladen silentis, sed li bone sentis la pensojn de sia patrino. Ŝi dek jarojn ne havis infanon kaj la alveno de Mladen estis kiel delonge jam ne atendita sunradio. Post lia naskiĝo ŝia propra vivo forpasis kaj ŝi ekvivis kun la pensoj, doloroj kaj revoj de Mladen. Ŝi ofte diris: "Dio mia, ĉu mi estos viva vidi Mladenon en gimnazio?". La jaroj pasis, sed ŝi ĉiam sentis eĉ la plej etan ĝojon aŭ triston de Mladen kaj kiel preciza barometro ankaŭ ŝi ĝojis aŭ sopiris kun li. Mladen estis silentema, fermita, ŝatis la solecon kaj ofte la patrino diris maltrankvile:
- Kial vi ĉiam estas sola? Vidu, viaj samaĝuloj delonge jam iĝis patroj.

Ŝi, kvankam malfrue, eksentis la ĝojon de la patrineco kaj jam deziris vidi la rideton de nepo.

"나는 동의한다." 권위 있게 아버지가 말했다.

"결혼에서 행복을 찾은 사람은 많지 않아. 그리고 결혼 생활에 더 쉽게 익숙해질 수 있도록 더 젊어서 결혼해야만 한다고 나는 생각해.

몇 달 뒤 너는 대학을 마칠 거야.

실제 생활을 아는 것이 더 좋아. 학문은 일상의 문제에서 그렇게 도움이 되지는 않아, 그렇지?"

그는 자신 있게 말을 마치고 만족해서 어머니를 바라봤다.

하지만 언제나처럼 그는 지금도 어머니의 커다란 말 없는 눈에서 지지를 찾을 수 없었다.

블라덴은 조용히 그의 어머니 생각을 잘 느꼈다.

그녀는 10년간 자녀가 없었으나, 블라덴이 태어난 것은 이미 오래전처럼 기다린 햇살같은 행복이 아니었다.

그가 태어난 뒤 그녀 자신의 인생은 날아가고 블라덴의 생각, 고통, 꿈과 함께 살았다.

그녀는 자주 말했다.

'아이고, 고등학교 다니는 블라덴을 보도록 살아있을까?'

세월은 지났지만, 그녀는 항상 블라덴의 가장 작은 기쁨과 슬픔을 느꼈다.

정확한 측정기처럼 그녀는 그와 함께 기쁘고 희망했다.

블라덴은 과묵하고 입을 다물고 외로움을 좋아해서 자주 어머니는 걱정스럽게 말했다.

"너는 왜 항상 혼자니? 봐라. 너와 같은 나이 젊은이들은 오래 전에 이미 아버지가 되었어."

그녀는 늦었지만, 어머니로서의 기쁨을 느꼈고 벌써 손자의 작은 웃음을 보기 원했다.

Ŝia vivo pasis, ŝiaj knabinaj revoj unu post alia dronis ien kaj nun ŝia sola deziro estis vidi sian filon feliĉa, homo kun solida profesio kaj bona familio.

Jen tiu ĉi momento alvenis, sed subite, eĉ neatendite.

– Mladen, ĉu vi bone pripensis? – maltrankvile demandis la patrino kun eta espero, ke tio estas hazarda, junula enlogiĝo.

– Jes. Ni decidis.

– Sed vi ankoraŭ ne finis la universitaton. Vi ankoraŭ ne laboras...

– Mi finos la studadon. Restas nur la ŝtata ekzameno.

– Kion ŝi laboras? – la patrino deziris scii ĉion kaj eble krei en si mem la figuron de tiu malproksima Anna.

– Ankaŭ Anna finis filologion, sed hungara, kaj nun ŝi estas instruistino.

– Instruistino. – meĥanike ripetis la patrino kaj mallaŭte demandis: – Kaj eble vi jam ankaŭ decidis, kie vi loĝos?

Mladen atendis tiun ĉi demandon. La okuloj de lia patrino estis profundaj, grandaj, humidaj kaj li kvazaŭ vekiĝis de fabela sonĝo, en kiu ĉio estis nereala. Nereala estis Anna kaj ŝia malproksima lando, nerealaj estis ilia somera renkontiĝo, iliaj leteroj, ilia amo. Nerealaj estis ili duope.

Mladen silentis. Li ne povis denove enrigardi en la okulojn de sia patrino.

그녀의 인생은 끝장났다.

그녀의 소녀시절 꿈은 하나씩 어딘가로 숨어 버리고
지금 유일한 바람은 아들이 행복하고 튼튼한 직장과
좋은 가정을 이루는 것이다.

이제 이 순간이 왔다. 그러나 갑자기 예기치 않게.

"믈라덴, 잘 생각해 보았니?"

그것이 젊은이의 우연하고 일시적인 유혹에 빠진 거라는 작은
희망으로 걱정하며 어머니가 물었다.

"예. 작정했습니다."

"그러나 너는 아직 대학을 마치지 않았어.
넌 아직 직장도 없어."

"학업을 마칠 겁니다. 오로지 국가시험만 남았어요."

"그 아이는 무슨 일을 하니?" 어머니는 모든 것을 알고 아
마 자신 스스로 멀리 있는 안나의 얼굴을 그리고 싶었다.

"안나도 언어학을 마쳤어요.
그러나 헝가리에서 지금 교사입니다."

"교사라고?" 딱딱하게 어머니는 되풀이했다.

그리고 작게 물었다. "그리고 아마도 어디에 살 것인지 결정
은 했니?" 믈라덴은 이 질문을 기다렸다.

어머니의 눈은 깊고, 크고, 물기에 젖어 마치 모든 것이 비현
실적인 동화의 꿈에서 깨어난 듯했다.

안나와 그녀의 먼 나라는 비현실적이고 그들의 여름 만남, 그
들의 편지, 그들의 사랑은 비현실적이다.

그들 둘은 비현실적이다.

믈라덴은 잠잠했다.

그는 다시 어머니의 눈을 바라볼 수 없다.

La gepatroj de Anna estas maljunaj. Ŝia patrino havas malsanan koron kaj tutan vivon ne povis labori. Anna petis Mladenon, ke nur dum kelkaj jaroj ili loĝu en Budapeŝto ĉe ŝiaj gepatroj.

- Ĉu gravas kie ili loĝos? – intermetis la patro kvazaŭ li eksentis la pensojn de Mladen. - Unu, du jarojn ili loĝos tie, kaj poste revenos loĝi ĉe ni. La cielo ĉie estas blua.

- Sed li ne scias la lingvon. Li nepre devas labori. Nun li estas edzo, eble post jaro - ankaŭ patro... – la voĉo de la patrino tremis.

- Kiam la homo estas juna kaj sana, li ĉie trovos laboron. - diris la patro kaj amike alrigardis Mladenon.

- Jes. Bonega ideo. Li lasos ĉi tie sian profesion, sian fakon kaj iros ien labori kiel simpla laboristo.

Por la patrino tio jam ne estis komprenebla. Mladen studis, Mladen havis sciencajn ambiciojn, oni eĉ proponis al li oficon en la Instituto pri lingvistiko, kaj nun li forlasos ĉion.

- Plej gravas, ke ili bone komprenu unu la alian. Ne nur en diplomoj kaj institutoj estas la feliĉo. La jaroj pasas kaj kiam la homoj maljuniĝas, pli malfacile ili decidas edziĝi. Vere, lia edzino estas hungara, sed tia estas lia sorto. – konklude diris tiam lia patro.

Eble ankaŭ li jam kaŝe revis pri nepo.

안나의 부모님은 늙었다.

그녀의 어머니는 심장병이 있고 평생 일할 수 없다.

안나는 오직 몇 년간이라도 그녀 부모 옆인 부다페스트에서 살자고 믈라덴에게 부탁했다.

"그들이 어디 사는 것이 중요해요?"

마치 믈라덴의 생각을 느낀 것처럼 아버지가 끼어들었다.

"1, 2년은 거기서 살고 나중에 우리 옆에 살러 돌아오겠지. 어느 하늘이나 파래."

"그러나 우리 아들은 그 나라 말을 몰라요.

반드시 일해야 해요.

지금 그 애는 남편이고 아마 몇 년 뒤에 아버지도 될 것이고." 어머니의 목소리는 떨렸다.

"사람은 젊고 건강할 때 어디에서나 일을 찾아."

아버지가 말하고 사랑스럽게 믈라덴을 바라보았다.

"예. 아주 좋은 생각이네요. 그

는 여기에 직업, 전공을 버리고 어딘가에서 단순 노동자로 일하려고 가겠네요."

어머니로서 그것은 벌써 이해할 수 없다.

믈라덴은 공부했고 과학자의 야심이 있고 언어 연구소에서 일을 제안하기도 했는데 지금 모든 것을 버릴 것이다. "

그들이 서로 잘 이해하는 것이 가장 중요해.

행복은 오직 학위나 연구소에 있는 게 아니야.

세월이 지나고 사람이 늙을 때 결혼을 결심하는 것이 더 어려워. 정말 부인이 헝가리 사람이지만 그것이 그의 운명이야."

그때 아버지가 결론적으로 말했다.

아마 그도 벌써 손자를 갖고 싶은 꿈을 숨겼다.

Kun tute blanka mola hararo kaj viglaj karaj okuloj, lia patro aspektis tiam kiel profeto. La vivo ofte estis al li pli avara ol kara, sed li havis sian propran filozofion, kiun li esprimis nur per unu frazo: "Ne pensu pri materiaj valoroj, kaj sekvu la impetojn de via spirito."
Sed la patro mem neniam povis sekvi ia voĉon de sia spirito. La ĉiutagaj zorgoj katenis lin forte.

– Mladen, pri kio vi pensas? – softe demandas Anna.

– Mi rememoris la tagon de nia edziĝfesto. – meĥanike respondas Mladen.

– Ankaŭ mi pensis, ke ĉi tie en mi renaskiĝos ĉiuj rememoroj de nia nupto. – kvazaŭ al si mem diras Anna.

– La atmosfero estas sama. Samaj estas la tabloj, la ruĝaj tolkovriloj sur la tabloj... Samaj bulgaraj teleroj kaj ĉenoj da ruĝaj bulgaraj paprikoj ornamas la murojn, sed strange mi ne povas rememori kiel ni aspektis tiam, pri kio ĝuste mi pensis aŭ kion vi diris, kion mi respondis... Mi scias, ke vi rigardis ne tiel kiel nun, ekzemple, sed bedaŭrinde eĉ vian rigardon mi forgesis... La homoj pli longe memoras la objektojn kaj rapide forgesas la pensojn kaj vortojn. Nur tion mi rememoras, ke kiam mi rigardis la flametojn de la kandeloj, kiuj estis antaŭ ni, mi sentis min frivola kiel leontodo.

완전히 하얗고 부드러운 머릿결과 활기찬 사랑의 눈을 가진 그의 아버지는 그때 선지자처럼 보였다.

인생은 자주 그에게 사랑보다 욕심이지만 그는 한 문장으로만 표현하는 자신만의 고유한 철학을 가지고 있다.

"물질적인 가치를 생각하지 말고 정신의 열망을 따르라."

그러나 아버지는 스스로 정신의 목소리를 절대 따를 수 없다. 매일의 걱정이 그를 강하게 속박했다.

"블라덴, 무슨 생각을 해요?"

부드럽게 안나가 물었다.

"나는 우리 결혼 축하 날을 기억했어."

딱딱하게 블라덴이 대답했다.

"나도 여기서 우리 결혼의 모든 기억이 다시 태어난다고 생각해요."

마치 자신에게 말하듯 안나가 말했다.

"분위기가 똑같아. 탁자도 같고 탁자 위의 붉은 식탁보도, 불가리아 접시와 벽을 장식한 붉은 불가리아 고추 사슬도 똑같아요.

하지만 이상하게도 그때 우리는 어떤 모습이었는지, 내가 무슨 생각을 했는지, 당신이 무슨 말을 했는지, 내가 어떻게 대답했는지 기억할 수 없어요.

예를 들어 당신은 지금처럼 그렇게 나를 쳐다보지 않은 것을 아는데 아쉽게도 당신의 시선조차 잊어버렸어요.

사람들은 물체를 더 오래 기억하고 생각이나 말은 빠르게 잊어버려요.

우리 앞에 놓인 촛불을 쳐다볼 때 나 자신이 민들레처럼 시시하다고 느낀 그것만 기억이 나요."

Kaj Anna alrigardas al la tablo, kie ili sidis antaŭ tri jaroj, kvazaŭ ŝi deziras vidi sin tie, kiel dum la nupta bankedo.

La bruo en la restoracio kreskas. Preskaŭ ĉiuj tabloj jam estas okupataj. Griza nebulo de la fumado volvas la lustrojn kaj ilia febla lumo flavas, kiel lacaj okuloj de hienoj. Tiu ĉi nebulo falas pli malsupren kaj pli malsupren, silente rampas inter la tabloj, kovras la homojn kaj pli kaj pli malproksimigas ilin unu de alia. Sub tiu ĉi nebula kovrilo la figuroj perdas siajn konturojn kaj la vizaĝoj fariĝas plataj kaj helverdaj.

Ankaŭ Mladen alrigardas la tablon, ĉe kiu li kaj Anna sidis dum ilia nupta bankedo. Nun tie, ĉirkaŭ kelkaj malplenaj boteloj de vino kaj plena cindrujo da cigaredstumpoj, sidas du virinoj kaj du viroj. La virinoj jam estas ebriaj kaj laŭte parolas unu kun alia pole sed la pli juna virino parolas kun la viroj germane.

La pli juna polino estas blonda, kun eta aristokrata buŝo kaj verdaj maraj okuloj, ĉies rigardo jam estas malklara kaj nebula de la alkoholo. Ŝi ne estas pli ol dudekjara, sed la hungara vino ardigis ŝian slavan sangon kaj ŝi obstine provas ĉirkaŭbraki kaj kisi la pli junan de la viroj. Li foje aŭ du lasas sin al ŝiaj malavaraj kisoj, sed baldaŭ rimarkas la malkontentan rigardon de sia amiko.

그리고 안나는 마치 결혼식 잔치 동안처럼 거기서 자신을 보고 싶어 하듯 3년 전 그들이 앉았던 탁자를 바라보았다.

식당에서 소음이 더 커졌다.

거의 모든 탁자는 다 찼다.

담배를 피워 생긴 회색 안개가 상들리에를 감싸 그들의 동화 같은 빛이 하이에나의 게으른 눈처럼 누렇다.

이 안개는 아래로 더 아래로 떨어져 조용하게 탁자 사이로 기어 다니며 사람들을 덮고 사람들을 서로 점점 멀어지게 만들었다.

이 안개가 덮어서 물체는 그 윤곽을 잃어버리고 얼굴은 평평해지고 밝고 푸른색이 된다.

믈라덴 역시 결혼 잔치 동안 그들이 앉았던 탁자를 바라본다. 지금 거기에 빈 포도주병이 몇 개 있고 담배꽁초가 가득한 재떨이가 있고 주변에 남자 두 명과 여자 두 명이 앉아 있다. 여자들은 벌써 취해서 서로 폴란드 말로 크게 말을 하고 더 젊은 여자는 남자들과 독일어로 말한다.

더 젊은 폴란드 여자는 금발이고 귀족적인 작은 입술, 푸른 바다 같은 눈, 모든 시선은 이미 알코올 때문에 불분명하고 안개 같다.

그녀는 20살 이상은 아니지만, 헝가리 포도주가 그녀의 슬라브 피를 뜨겁게 해서 남자 중 더 젊은 사람을 고집스럽게 껴안고 입맞춤하려고 한다.

그는 한두 번 그녀의 욕심 없는 입맞춤에 자신을 놓아두더니 곧 친구의 불만스러운 표정을 알아차렸다.

Mladen provas diveni la profesion de la du viroj. Ili aspektas solidaj kaj inteligentaj. Eble ili estas specialistoj aŭ reprezentantoj de iu okcidenta firmao, senditaj ofice por kelkaj monatoj en Hungario. Eble hazarde ili konatiĝis kun tiuj ĉi du polinoj kaj la logika fino de ilia efemera renkontiĝo estos unu sola nokto en nekonata hotelo.

La pli maljuna germano estas ĉirkaŭ 40-45jara kun grizaj senanimaj okuloj kaj forta atleta korpo, sed la polino, kiu sidas ĉe li, estas malalta, dika kun voluptaj okuletoj. Mladen provas imagi kiamaniere aspektos tiu ĉi atleto kun la dika polino en la hotela lito post la noktomezo, sed eble pli grave estos, ke morgaŭ matene tiu ĉi germano denove vekiĝos en la sama horo, kiel ĉiam, glate razos sin, iros en la laborejon kaj lia griza tago tute similos al ĉiuj liaj labortagoj ĝis nun.

Anna silente rigardas Maldenon. Ŝiaj okuloj estas jam lacaj. Kiam hodiaŭ Mladen diris al ŝi, ke vespere ili estos en la restoracio ''Sofio'' Anna ekĝojis, sed nun ŝi enuas. Kiel ĉio en la mondo ankaŭ la tago de ilia edziĝfesto jam delonge apartenas al la pasinteco. Enlogitaj en la torenton de la vivo ni deziras iam nur por sekundo reveni al iu nia hela rememoro, aŭ ni sopiras vidi denove, lokon, ligitan kun nia kara travivaĵo, sed ne ĉiam la objektoj de niaj rememoroj renaskigas niajn malnovajn sentojn.

믈라덴은 두 남자의 직업을 유추하려고 한다.

그들은 엄격하고 지적으로 보인다.

아마도 그들은 전문가이거나 몇 달간 헝가리에 공무로 보내진 어느 서구 회사의 책임자일 것이다.

아마 우연히 이 두 명의 폴란드 여자를 알게 되어 이런 일시적인 만남의 논리적인 결과는 어느 낯선 호텔에서의 하룻밤이 될 것이다.

더 나이든 독일인은 약 40에서 45세로 회색의 영혼 없는 눈동자에 운동선수 같은 튼튼한 몸매를 가졌지만, 그 옆에 앉은 폴란드 여자는 키도 작고 관능적인 눈동자에 뚱뚱하다.

믈라덴은 이 운동선수가 뚱뚱한 폴란드 여자와 함께 밤중이 지나 호텔 침대에서 어떤 식으로 보낼 것인지 상상해본다.

하지만 아마 내일 아침에 이 독일인은 다시 같은 시간에 일어나 언제나처럼 매끄럽게 면도하고 직장에 가고 그의 잿빛 하루는 지금까지 그의 일하는 날과 같으리라는 것이 더 중요할 것이다.

안나는 조용히 믈라덴을 바라본다.

그녀의 눈은 벌써 피곤하다.

오늘 믈라덴이 저녁에 식당 소피아에 있을 것이라고 말했을 때 안나는 기뻤지만, 지금은 지루하다.

세상의 모든 것처럼 그들의 결혼 축하의 날도 벌써 오래전에 과거에 속한다.

삶의 격류 속에 매혹되어 언젠가 오직 잠시 우리의 밤은 어느 기억 속으로 되돌아가고 싶거나 다시 우리의 사랑스러운 경험과 연결된 장소에 가기를 소망하지만, 우리 기억의 사물이 우리의 오래된 느낌을 항상 다시 태어나게 하는 것은 아니다.

Kaj tiam ni komprenas, ke ni jam ne rigardas per la samaj okuloj la okazojn en nia vivo, kiel ni vidis ilin antaŭe. Io en ni ŝanĝiĝis. Tio kio ĝojigis nin dum nia infanaĝo ne povas emociigi nin en nia plenaĝo.

Per tiu ĉi vespero Mladen deziris surprizi kaj ĝojigi Annan, sed nun li vidas, ke la sufoka fumado, la bruaj ridoj, la acida vinodoro turmentas Annan kaj sur tiu ĉi fono ŝi aspektas kiel konfuzita, senhelpa infano. .

Antaŭ la deka horo Anna kaj Mladen forlasas la restoracion. Ekstere blovas friska vento, sed en la oreloj de Mladen ankoraŭ vibras teda bruo kaj kvazaŭ ankoraŭ la glacia rigardo de la restoracia estro akre pikas lin.

Kiel girlandoj, lumas la pontoj de Danubo. Sur l'alia bordo, sub la velura kovrilo de la maja nokto, dormas la montetoj de Buda. La monumento de la Libero kaj la turoj de katedralo Matyas, levitaj impete al la ĉielo, vartas la trankvilon de la urbo.

Nokte Budapeŝto aspektas kiel fabela nekonata urbo kaj en tiuj momentoj de trankvilo preskaŭ ĉiam unu kaj sama penso provokas Mladenon. Ĉu nur lia subita amo al Anna estis la sola mistera forto, kiu gvidis lin al Budapeŝto? Aŭ eble la renkontiĝo kun Anna alvokis ien, profunde en li, nekonscian, sed revan allogon al tiu ĉi urbo.

그때 우리는 우리가 전에 본 것처럼 우리 삶의 사건들을 벌써 같은 눈으로 보는 것은 아니라는 것을 이해한다.

우리 안에 사실 무언가가 변했다.

어린 시절 우리를 기쁘게 했던 것이 어른이 되었을 때 우리에게 감동을 줄 수 없다.

이 저녁 믈라덴은 안나를 놀라게 하고 기쁘게 하기를 원했지만, 지금 숨 막히는 담배 연기, 시끄러운 웃음, 신 포도주 냄새가 안나를 괴롭히고

이런 배경에서 그녀는 당황하고 도움받지 못한 어린아이처럼 보이는 것을 알아차린다.

10시도 되기 전에 안나와 믈라덴은 식당을 떠났다.

밖에는 서늘한 바람이 불지만, 믈라덴의 귀에는 아직도 지겨운 소음이 진동하고 마치 식당 책임자의 얼음 같은 시선이 날카롭게 그를 찌르는 듯했다.

다뉴브의 다리가 꽃다발처럼 빛이 났다.

반대편에는 5월 밤의 우단 같은 덮개 아래 **부다** 언덕이 잠자고 있다.

자유의 기념비와 하늘로 돌진하듯 오른 **마튀아스** 대성당의 탑이 도시의 편안함을 돌보고 있다.

밤에 부다페스트는 동화의 어느 낯선 도시 같아서 편안함의 그 순간들이 거의 항상 하나의 같은 생각을 믈라덴에게 불러일으킨다.

오로지 안나에 대한 그의 갑작스러운 사랑이 그를 부다페스트로 이끈 신비로운 유일한 힘인가?

Aŭ eble Anna nevole vekis en Mladen la malnovan homan pasion al veturado. Tiu ĉi eterna, neevitebla homa sopiro al vagado. Vagado al foraj landoj, al nekonataj popoloj, al novaj kaj novaj horizontoj...

Aŭ eble lia strebo al Anna igis lin nur pli profunde enrigardi en sin mem, ĉar ĉiu nia nova veturado estas ankaŭ veturado al ni mem, al la labirintoj de niaj pensoj kaj sentoj. Kaj ĉiu nia nova renkontiĝo en nia vivo estas en la sama momento renkontiĝo kun ni mem.

Mladen enrigardas Danubon. Sur ĝia glata supraĵo reflektiĝas la neonaj reklamoj de la urbo. Iliaj buntaj koloroj naĝas, ludas, dancas, brilas sur la malhelaj kaj malvarmaj akvoj. "Danubo fluas kiel la vivo" – diras en si mem Mladen - kaj nia vanto, ambicioj kaj deziroj similas al la reflektita lumo de la neonaj reklamoj sur la glata supraĵo de la rivero.

Ni vidas nur la reflektitajn kolorojn sur la supraĵo de la rivero, sed preskaŭ nenion ni scias pri la fortaj nevideblaj subakvaj fluoj. Preskaŭ nenion ni scias pri la nevideblaj movoj de nia penso.

- Ĉiu urbo havas sian simbolon. – kvazaŭ al si mem diras Mladen.

- Mi malfacile povus imagi Budapeŝton sen Danubo kaj mian naskan urbon Sofion sen Vitoŝa-montaro.

아니면 아마 안나가 의도하지 않게 블라덴 안에서 여행에 대한 인간의 오래된 열정을 불러일으켰다.

여행에 대한 이 끝없고 피할 수 없는 인간의 그리움. 먼 나라에 대한, 모르는 민족에 대한, 새롭고 새로운 수평선에 대한 헤맴, 아니면 아마 안나에 대한 바라봄이 그를 더 깊이 자신에 대해 바라보게 했다.

왜냐하면, 모든 우리의 새로운 여행은 또한 우리 자신에 대한 우리 생각과 감정의 미로를 향한 여행이기에.

그리고 우리 삶에서 우리의 모든 새 만남은 동시에 우리 자신 스스로와 만남이다.

블라덴은 다뉴브강을 바라본다.

그의 매끄러운 표면 위에 도시의 네온 광고를 비추고 있다. 그들의 다채로운 색깔들이 어둡고 차가운 물 위에서 헤엄치고 놀고 춤추고 빛을 낸다.

'다뉴브강은 인생처럼 흐른다.' 블라덴은 혼잣말했다.

그리고 우리의 공허, 야심 그리고 바람은 강의 매끄러운 표면 위에 네온의 광고가 반사된 빛과 같다.

우리는 강의 표면 위에서 반사된 색채만 본다.

그러나 물밑의 보이지 않는 강한 흐름은 전혀 아무것도 느끼지 못한다.

우리 생각의 보이지 않는 움직임에 관해 거의 아무것도 알지 못한다.

'모든 도시는 자신만의 상징을 둔다.' 마치 자신에게 하듯 블라덴은 말한다.

나는 다뉴브강 없는 부다페스트를, **비토샤** 산맥 없이 내가 태어난 도시 소피아를 상상하기가 어렵다.

Danubo same kiel la verdaj arbaroj de Vitoša trankviligas la pensojn kaj riĉigas la sentojn. .

Eta ironia rideto lumigas la vizaĝon de Anna kaj Mladen tuj komprenas, ke Anna denove ridetas al lia ''infana romantiko'', sed ankaŭ Anna estas ĉarma infano kun brilaj stelaj okuloj,

Ili revenas hejmen ĉirkaŭ la noktomezo. Ilia filo delonge jam kviete dormas, brakumante sian plej ŝatatan ludilon, la etan ruĝan leporon.

다뉴브강은 비토샤의 푸른 숲과 같이 생각을 편안하게 하고
느낌을 풍요롭게 한다.

비꼬는 듯한 미소가 안나의 얼굴을 밝히고 믈라덴은 안나가
다시 그의 어릴 적 낭만에 관해 웃는다고 곧 이해한다.

그러나 안나도 빛나는 별 같은 눈을 가진 매력적인 아이다.
그들은 거의 한밤중에 집으로 돌아온다.

그들의 아들은 벌써 오래전에 가장 좋아하는 장난감 앙증맞은
빨간 토끼를 껴안고 조용히 자고 있다.

4.

Mladen sidas antaŭ la malfermita pordo de la somera dometo. Dum la dimanĉoj li ŝatas ripozi en la malgranda ĝardeno de sia bopatro. La ĝardeno troviĝas en Buda, sur monteto kiu havas neordinaran nomon Lupa-monteto. La monteto estas proksime ĉe la urbo kaj Mladen ne kredas ke iam ĉi tie vagadis lupoj. Aŭ eble iu ŝerce tiel nomis tiun Ĉi sendanĝeran kaj pitoreskan lokon.

Ĉi tie estas nur ĝardenoj kun etaj dometoj, kaŝitaj inter arboj kaj rozaj arbustoj. Somere gaja bruo eĥas en la ĝardenoj de frue matene ĝis ekbrilo de unuaj steloj kaj antaŭ la vesperiĝo la monteto trankvile ekdormas. La posedantoj ŝlosas la pezajn pordojn de siaj ĝardenoj kaj revenas en la urbon.

Vintre Lupa-monteto silentas sub neĝa kovrilo. Nur en kelkaj ĝardenoj videblas freŝaj spuroj de iuj, kiuj kutimas foje, foje ankaŭ vintre veni ĉi tien. Sed la unua spiro de la printempo vekas Lupa-monteton kaj de frua mateno pensiuloj senlace vagas en la ĝardenoj, ebriaj de la freŝodora tero. Dum la ripoztagoj, infanaj krioj kaj vigla virina rido voĉplenigas la tutan monteton.

4. 늑대 언덕의 정원

믈라덴은 여름용 오두막의 열린 문 앞에 앉아 있다.
일요일에 장인의 작은 정원에서 쉬는 것을 좋아한다.
정원은 **늑대 언덕**이라는 독특한 이름을 가진 언덕 위 **부다** 라는 도시에 있다.
언덕은 도시에서 가까워 언젠가 여기에 늑대가 어슬렁거렸다고 믿지 않았다.
아니면 아마 누가 농담으로 이 위험하지 않고 아주 멋진 곳을 그렇게 이름 지은 것이다.
여기에는 숲과 장미 수풀 사이에 감추어진 작은 오두막이 딸린 정원만 있다.
여름에 즐거운 소란이 정원에서 이른 아침부터 첫 별들이 빛나기까지 메아리치고
저녁 전에 언덕은 조용하게 잠이 든다.
주민들은 자기 정원의 무거운 문을 잠그고 도시로 돌아간다.
겨울에 늑대 언덕은 눈에 덮인 채 조용하다.
오직 몇몇 정원에는 가끔 겨울에도 여기 습관적으로는 오는 누군가의 깨끗한 발자국을 볼 수 있다.
그러나 봄의 첫 호흡이 늑대 언덕을 깨우고
이른 아침부터 연금 수급자들이 땅의 신선한 냄새에 취해
정원에서 지치지 않고 돌아다닌다.
휴일에는 어린이의 외침과 활기찬 여자 웃음이 모든 언덕을 가득 채운다.

La ĝardeno de la bopatro de Mladen estas proksime ĉe la urba ŝoseo kaj mallarĝa kurba vojo gvidas de la aŭtobushaltejo ĝis la ĝardeno.

Ĝi estas malgranda ĝardeno, ne pli ol dekaro kaj duono, kuŝanta modeste inter la najbaraj, pli vastaj ĝardenoj. Meze en ĝi staras la somera dometo sur kies ruĝa tegmento amike sternas branĉojn maljuna poma arbo. Tiu ĉi olda arbo vivas siajn lastajn tagojn. Multaj el ĝiaj branĉoj estas sekaj kaj oni jam ne memoras dum kiom da jaroj tiu ĉi kompatinda arbo ne donis fruktojn. Sur unu pli dika branĉo ankoraŭ estas videblaj la spuroj de la infana lulilo de Anna kaj nun sub la ombro de la poma arbo en eta lito dormas la infano de Anna.

Mladen staras kaj promenadas iomete en tiu ĉi parto de la ĝardeno, kiu estas antaŭ la dometo. Ĉi tie proksime unu ĉe alia kreskas kelkaj persikaj arboj, ĉe la plektbarilo estas malalta ĉeriza arbo kaj juna pruna arbo. Antaŭ ili kiel gardistoj, dense staras kelkaj frambarbustoj . Dekstre de la frambarbustoj estas mallarĝa-bedo kun tulipoj, lekantoj, roza arbusto kaj ĉe ili, nuk spano de la tero, timeme klinas foliojn eta bulgara geranio. Sur ĝiaj verdaj folietoj tremas kelkaj rosaj gutoj. Maden ame alrigardas la geranion. Ĝi estas lia sola viva bulgara rememoro sur la hungara tero.

믈라덴 장인의 정원은 도시 큰길 옆에서 가깝고 좁고 굽은 길이 버스 정류장에서 정원까지 안내해 준다.

그것은 작은 정원이다.

이웃의 더 넓은 정원들 사이에 소박하게 누워있다.

거기 가운데에는 여름용 오두막이 서 있는데 오래된 사과나무가 그 가지를 붉은 지붕 위로 다정하게 늘어놓고 있다.

이 오래된 나무는 그의 마지막 날을 살고 있다.

그 가지 중 많은 부분이 마르고 이 불쌍한 나무가 얼마나 오랜 세월 과일을 생산하지 못했는지 벌써 기억나지 않는다.

더 두꺼운 가지 위에 안나의 어린이용 그네 흔적이 보이고 지금 사과나무 아래 작은 침대에 안나의 아기가 자고 있다.

믈라덴은 서서 작은 오두막 앞에 있는 정원부터 조금씩 산책한다.

여기 가까이에 연달아 몇 그루 복숭아나무가 자라고 엮어진 차단기 옆에는 낮은 체리 나무와 어린 서양 자두가 있다.

그들 앞에 경비원처럼 나무딸기 몇 그루가 무정하게 서 있다.

나무딸기 수풀 오른쪽에는 좁은 화단이 있어 튤립, 마거릿, 장미 수풀이 자라고

그 옆 한 뼘의 땅에서 작은 불가리아 제라늄이 두려워하며 잎을 기대고 있다.

그 푸른 잎 위에 이슬방울이 몇 방울 떨어졌다.

믈라덴은 사랑스럽게 제라늄을 바라본다.

그것이 헝가리 땅에 살아 있는 유일한 불가리아의 기억이다.

결혼식 바로 지나 안나와 믈라덴은 불가리아로 갔다.

Tuj post sia nupto Anna kaj Mladen forveturis al Bulgario. Ilian unuan familian someron ili pasigis en Sofio, ĉe la gepatroj de Mladen. En la fino de aŭgusto Anna revenis en Budapeŝton pro la komenco de la nova lernojaro, Mladen restis en Sofid, ĉar lia ŝtata ekzameno en la universitato devis okazi en oktobro. Kaj en la fino de oktobro Mladen definitive forveturis al Hungario.

La tago de lia forveturo estis malhela kaj nebula. Pluvis. En la stacidomo venis nur lia patrino por adiaŭi lin. La valizoj jam estis en la kupeo kaj nur kelkaj minutoj restis por la ekveturo de la vagonaro, sed Mladen kaj lia patrino ankoraŭ silente staris unu ĉe alia sur la kajo.

En siaj manoj lia patrino tenis bukedon de diantoj por Anna kaj kelkajn geraniojn kun la radikoj.

– Ĉu vi memoras, kiam vi estis infano vi ofte plukis la folietojn de la geranioj, kiuj kreskis en nia ĝardeno. Hodiaŭ matene mi elradikis kelkajn de niaj geranioj, ĉar laŭ malnova bulgara moro la geranio estas simbolo de sano. Per geranioj oni adiaŭis la soldatojn. Estu sana, filo mia. ekflustris la patrino kaj kviete ekridetis por kaŝi la doloron, kiun ŝiaj voĉoj kaj okuloj jam perfidis.

La vagonaro ekveturis kaj sub la silenta pluvo, ŝia silueto iĝis pli eta kaj pli eta ĝis kiam ĝi tute malaperis en la foro kaj nebulo.

그들의 첫 번째 가정의 여름을 믈라덴의 부모님 옆 소피아에서 보냈다.

8월말에 안나는 새 학기가 시작되어 부다페스트로 돌아갔고 믈라덴은 소피아에 남았다.

그의 대학 국가시험이 10월에 있기에.

그리고 10월 말에 믈라덴은 확실히 헝가리로 떠났다.

그가 출발하는 날은 어둡고 안개가 끼었다.

비가 내렸다.

역에는 오로지 그의 어머니가 그를 배웅하러 왔다.

가방은 이미 객실 안에 있고 열차 출발을 위해 몇 분만 남아 있지만, 믈라덴과 그의 어머니는 여전히 플랫폼에서 조용히 곁에 서 있다.

그의 어머니는 손에 안나를 위한 패랭이 꽃다발과 뿌리가 있는 제라늄 몇 개를 가지고 있다.

"네가 어릴 때 우리 집 정원에서 자라는 제라늄의 꽃잎을 자주 따곤 한 것을 기억하니?

오늘 아침에 우리 제라늄 몇 개를 뿌리째 뽑았어.

오래된 불가리아 풍습에 보면 제라늄은 건강의 상징이니까.

제라늄을 가지고 군인들과 작별해.

건강해라. 나의 아들아."

어머니는 속삭이고 벌써 목소리와 눈에서 나타나는 고통을 숨기려고 조용히 살짝 웃었다.

열차가 출발하고 조용히 내리는 비 아래서 그녀의 형상은 점점 작아져서 완전히 멀리 안개 속으로 사라졌다.

Mladen longe staris ĉe la fenestro. La stacidomoj ĉiam elvokis en li ian subkonscian emocion. Ĉu la amaso de la rapidantaj homoj kaŭzis ĝin aŭ la senĉesa bruo de voĉoj, krioj, lokomotivfajfiloj, aŭ tiu ĉi eterna fumodoro, kiu antaŭsignas la komenciĝon de nova veturado, de novaj revoj kaj esperoj.

Sed la stacidomoj elvokas ne nur ĝojon, sed ankaŭ triston. Sur ĉiu stacidomo ni renkontiĝas aŭ disiĝas kun iu. Kiam la eta silueto de lia patrino tute malaperis, Mladen dolore eksentis, ke li por ĉiam perdis karan kaj konatan mondon. La vagonaro ekveturis kaj kvazaŭ Mladen mem, per unu frapo runigis tiun ĉi mondon. La mondon en kiu li naskiĝis kaj vivis dudekkvin jarojn. La mondon, kiu longe estis kreita per la amo de lia patrino, per la zorgoj de lia patro, per la infanaj revoj de Mladen. Tie estis sunaj tagoj, sed ne mankis ankaŭ nuboj kaj subitaj ŝtormoj. Tie naskiĝis revoj kaj esperoj, ĉagrenoj kaj doloroj. Tie restis lia infaneco. Li forlasis ĝin. Tel facile li forlasis ĉion, sed naiva estas la penso, ke nur Anna kulpis pri tio. Delonge, antaŭ ŝia apero, li deziris forlasi tiun etan oportunan mondon, kie la vivo dum longaj jaroj trankvile kaj silente fluis.

Anna alportis al li ne nur la amon, sed ankaŭ la riskon. Kaj li ekveturis.

믈라덴은 오랫동안 창가에 서 있다.

기차역은 항상 그 안에서 잠재의식의 감정을 불러일으킨다.

서두르는 사람들의 무리가 그 원인인가 아니면 소리, 외침, 기차 기적 소리의 끝없는 소음인가 아니면 새로운 출발, 새로운 꿈과 희망의 시작을 미리 알리는 이 영원한 연기 냄새인가?

그러나 기차역은 기쁨만 아니라 슬픔도 불러일으킨다.

모든 기차역에서 우리는 누구와 만나고 헤어진다.

그의 어머니의 작은 형상이 완전히 사라질 때 그는 영원히 사랑하고 익숙한 세계를 잃었다고 고통스럽게 느꼈다.

기차는 출발하고 마치 믈라덴이 스스로 한 주먹으로 이 세계를 없애버린 것 같다.

그가 25년간 나고 살아온 그 세계, 그의 어머니의 사랑으로, 그의 아버지의 돌봄으로, 믈라덴의 어릴 적 꿈으로,

오랫동안 만들어진 그 세계.

거기에는 해가 뜨는 날이지만 구름도 갑작스러운 폭풍우도 없지는 않았다.

거기에는 꿈과 희망, 괴로움과 고통이 태어났다.

거기에 그의 어린 시절이 남아 있다.

그는 그것을 버렸다.

어떻든 쉽게 그는 모든 것을 버렸지만 안나만이 그 이유라는 생각은 순진하다.

오래전부터 그녀가 나타나기 전에 오랜 시간 삶이 안정적으로 조용하게 흐르는 이 작고 편리한 세계를 버리기를 원했다.

안나는 그에게 사랑뿐만 아니라 위험도 가져왔다.

그리고 그는 출발했다.

Sed kiom naivaj ni estas, pensante, ke ni povas forlasi aŭ forgesi la mondon en kiu ni elkreskis. Ĉiam, ĉie kaj ĝis nia morto ni portas tiun ĉi mondon kun ĝiaj bonaj kaj mavaj flankoj. Profunde en ni vivas ĉio, kiu riĉigis aŭ prirabis nin dum nia infaneco.

Mladen denove alrigardas la etan geranion. Tuj post lia alveno en Budapeŝto, li kaj Anna plantis la geranion ĉi tie, en la ĝardeno de lia bopatro.

Dum tiu aŭtuno, antaŭ tri jaroj, ege pluvis kaj Mladen ne sciis ĉu la pluvoj estas utilaj aŭ ne por lia geranio, sed al si mem li diris: "Se la geranio ne forvelkos ĉi tie, ankaŭ mi alkutimiĝos al la vivo en Hungario."

La aŭtunaj ventoj malvestigis la arbojn kaj flavaj sekaj folioj falis sur la geranion. Pezaj pluvaj. gutoj senkompate vipis ĝiajn etajn foliojn. Poste glacia neĝo longe kovris ĝin. Sed en unu suna printempa tago, freŝa folieto de la geranio traboris la lastan neĝan tavolon. En la fino de aprilo la geranio ekfloris. Ĝiaj floretoj havis teneran bluan koloron kaj tre similis al arbaraj floroj, kiuj abunde kreskas printempe en la altaj bulgaraj montaroj. Tiuj arbaraj floroj, semitaj de liberaj kaj senzorgaj ventoj, plektas buntajn tapiŝojn sur la vastaj montaraj herbejoj, sed ĉi tie, en la ĝardeno, la sola geranio aspektas eĉ malbela inter la tulipoj, diantoj kaj rozoj.

우리가 자란 세계를 버리거나 잊어버릴 수 있다고 생각하면 우리는 얼마나 단순한가?

항상 언제나 우리의 죽음까지 우리는 이 세계를 그의 좋고 나쁜 면과 함께 가지고 간다.

우리 어린 시절 동안 우리를 풍요롭게 하거나 빼앗는 모든 것이 우리 속에서 깊이 살아있다.

플라덴은 다시 작은 제라늄을 바라본다.

부다페스트에 도착한 즉시 그와 안나는 제라늄을 여기 장인의 정원에 심었다.

그 가을에 3년 전 크게 비가 오고 플라덴은 비가 제라늄에 유용한지 아닌지 알지 못했지만 혼잣말했다.

'제라늄이 여기서 시들지 않는다면 나 역시 헝가리에서 생활에 적응할 것이야.' 가을바람에 나무는 헐벗고 마른 노란 잎이 제라늄 위로 떨어졌다.

무거운 빗방울이 인정사정없이 그 작은 잎을 때렸다.

나중에 얼음 같은 눈이 오래도록 그것을 뒤덮었다.

그러나 해가 나온 봄날에 제라늄의 신선한 작은 꽃잎이 마지막 눈의 층을 뚫고 나온다.

4월 말에 제라늄은 꽃을 피웠다.

그 작은 꽃잎은 파랗고 연한 색깔을 띠고 불가리아의 높은 산에서 봄에 무성하게 자라는 숲의 꽃과 같다.

이런 숲의 꽃들은 매우 자유롭게 사정없이 부는 바람에 의해 씨가 뿌려지고 넓은 산의 초원 위에 여러 가지 융단을 짠다.

그러나 여기 정원에 유일한 제라늄은 튤립, 패랭이꽃과 장미 사이에서 예쁘지도 않게 보인다.

La bulgara geranio jam tri jarojn estas ĉi tie, iomete flanke de aliaj floroj, ĉar Anna kaj Mladen plantis ĝin ĉe la rando de la bedo, tute proksime ĉe la pado. Nun, tiun ĉi jaron, tre proksime ĉe la geranio, hazarde ekkreskis flama papavo.

Malantaŭ sia dorso Mladen aŭdas molajn paŝojn kaj gorĝa voĉo amike salutas lin:

- Saluton, junulo.

Estas oĉjo Miklos, la najbaro. Nur pado dislimigas iliajn du ĝardenojn.

- Mi alportis iomete de miaj ĉerizoj. Bonvolu gustumi ilin. Mia ĉerizarbo pli frue donas fruktojn. - diras oĉjo Miklos kaj donas al Mladen korbeton, plenan de ĉerizoj.

Oĉjo Miklos patre alrigardas al la pomarbo, sub kies maldensa ombro dormas Emil.

- Vi havas belan fileton.

Oĉjo Miklos estas sesdekkvin-sesdeksesjara, kun bruna vizaĝo kaj vigla, iome ironia rigardo. Laŭ profesio li estas advokato, sed jam de kelkaj jaroj li estas pensiulo kaj pasigas siajn tagojn en la ĝardeno. La bopatro de Mladen menciis foje, ke la familia vivo de oĉjo Miklos ne estas en ordo kaj tial lia edzino neniam venas en la ĝardenon. Vintre kaj somere oĉjo Miklos sola estas ĉi tie. Li kutimas sidi antaŭ la pordo de sia ĝardena dometo, fumas aŭ amike parolas ion al sia flava hundo Rex, kiu ŝatas kuŝi ĉe liaj piedoj.

불가리아 제라늄은 벌써 3년간 다른 꽃들 옆에 조금 떨어져 여기에 있다.

안나와 믈라덴이 그것을 오솔길에서 아주 가깝게 화단 가장자리에 심었기에.

지금 올해 제라늄 아주 가까이에 우연히 봄꽃처럼 양귀비가 자란다.

등 뒤에서 믈라덴은 부드러운 발걸음 소리를 들었는데 다정스럽게 어떤 목소리가 그에게 인사한다.

"안녕, 젊은이." 이웃인 **미클로스** 아저씨다.

오직 오솔길이 그 두 사람의 정원 경계를 나눈다.

"내가 체리를 조금 가져 왔어. 그것을 맛보게. 내 체리 나무는 더 빨리 열매를 냈어."

미클로스 아저씨는 말하고 믈라덴에게 체리가 가득 든 바구니를 줬다.

미클로스 아저씨는 흐린 그늘 아래 에밀이 자고 있는 사과나무를 아버지처럼 바라보았다.

"잘생긴 아들이 있군."

미클로스 아저씨는 65에서 66세로 갈색 얼굴에 활기차지만 조금 비웃는 시선을 가졌다.

직업이 변호사였지만 벌써 몇 년 전에 연금 수급자로 하루를 정원에서 보낸다. 미클로스 아저씨의 가정생활은 평범하지 않아 그의 부인은 결코 정원에 오지 않는다고 믈라덴의 장인이 말한 바 있다. 여름과 겨울에 미클로스 아저씨는 홀로 여기에 있다. 습관적으로 정원 오두막 문 앞에 앉아 담배를 피우거나 그의 발 옆에 눕기를 좋아하는 누런 개 **렉스**에게 우정 어린 무슨 말을 한다.

Oĉjo Miklos ne tre zorgas pri sia vasta ĝardeno. Tie senorde kreskas fruktoj kaj floroj, vinberoj kaj legomoj, sed la fieraĵo de oĉjo Miklos estas lia olda ĉeriza arbo kiu levas siajn fortajn branĉojn alte al la ĉielo kaj ankoraŭ en majo donas sukplenajn cerizojn.

– Belaj floroj. – diras oĉjo Miklos kiam li rimarkas, ke Mladen staras ĉe la florbedo. – Ĝardeno sen floroj estas kiel domo sen infanoj. – kaj oĉjo Miklos komencas vice diri la nomojn de la diversaj floroj en la bedo: – Tio estas lekanto, blanka lekanto, tie ankaŭ estas lekanto, sed flava. Tio estas konvalo, sed ni, hungaroj, nomas ĝin Georgo-floro, ĉar ĝi floras kiam estas Georgo-tago. Tio estas altaika violo...

Oĉjo Miklos staras apud la geranio, sed li ne rimarkas la bulgaran floron. Eble li pensas, ke tio estas ia herbaĉo, hazarde ekkreskanta en la bunta flora bedo.

De ie alkuras Rex kaj komencas ĝoje leki la sekajn, kurbiĝintajn fingrojn de oĉjo Miklos, sed li severe ordonas al ĝi: – For, Rex, vi ne havas laboron ĉi tie kie dormas eta infano.

Kaj ili duope foriras: oĉjo Miklos irante malrapide, balancante sian larĝŝultran figuron kaj Rex, saltante ĉirkaŭ li kun levita vosto.

미클로스 아저씨는 자신의 넓은 정원을 잘 돌보지 않는다.
거기서 과일, 꽃, 포도, 채소가 어지럽게 자라고 있다.
미클로스 아저씨의 자랑거리는 그의 오래된 체리 나무다.
그것은 하늘을 향해 높이 강한 가지를 뻗고 있으며 5월에도
여전히 즙이 풍부한 체리를 준다.
믈라덴이 화단 옆에 서 있는 것을 알고 미클로스 아저씨는 말
한다.
"예쁜 꽃이구나. 꽃 없는 정원은 아이 없는 집 같아."
그리고 미클로스 아저씨는 순서대로 화단에 있는 여러 가지
꽃의 이름을 말하기 시작한다.
"그것은 마거릿, 하얀 마거릿, 저것도 마거릿 그러나 누런
것. 그것은 은방울꽃인데 우리 헝가리 사람은 그것을 게오르
고 꽃이라고 불러. 게오르고 날에 그것이 피어나니까. 그것은
제비꽃이야."
미클로스 아저씨는 제라늄 옆에 섰지만, 불가리아 꽃을 알아
차리지 못한다.
아마 그는 여러 다양한 화단에서 우연히 자라난 잡초라고 생
각할 것이다.
어딘가에서 렉스가 달려와 미클로스 아저씨의 마르고 굽은 손
가락을 기쁘게 핥기 시작한다.
하지만 그는 엄하게 명령한다. "
저리 가, 렉스, 너는 작은 아이가 자는 여기서 일이 없어."
그리고 그들 둘은 떠났다.
미클로스 아저씨는 넓은 어깨의 몸매를 흔들거리며 천천히 가
고 렉스는 꼬리를 든 채 그 주변에서 뛴다.

Mladen vizitas la ĝardenon de sia bopatro nur dum la ripozaj tagoj, sabate aŭ dimanĉe, sed preskaŭ ĉiuj najbaroj konas lin kaj ĉiuj ŝatas interŝanĝi kelkajn vortojn kun li. Jen oĉjo Miklos estas maljuna, iomete fermita en si mem, sed li ĉiam kare renkontas Mladenon, ĉiam donas al Mladen kaj Anna fruktojn aŭ ofte amike klarigas al Mladen kiel oni devas planti iun fioron aŭ fruktan arbeton. Ofte en la ĝardeno de la bopatro de Mladen kolektiĝas najbaroj kiuj dum horoj babiladas, sidantaj sub la olda poma arbo kaj gustumas la hejman vinon per kiu regalas ilin la bopatro de Mladen. Ĉi tie, en la ĝardenoj, dum la ripozaj tagoj, la freneza rapideco de la ĉiutaga vivo kvazaŭ malaperas, la homoj longe babiladas, la infanoj senlace kuradas. Iliaj vizaĝoj estas ruĝaj de la freŝa aero kaj iliaj gajaj krioj voĉplenigas la ĝardenojn. Dimanĉe, malfrue vespere, oni forlasas la ĝardenojn kaj revenas en la urbon kie atendas ilin la ĉiutagaj zorgoj.

La suno jam estas ĉe la zenito kaj sub la ombro de la poma arbo la patrino de Anna aranĝas la tablon por tagmanĝo. Ankaŭ ĉi tie, inter la arboj kaj floroj, blanka tolkovrilo kovras la tablon kaj sur ĝi jam staras kvar glasoj por biero.

믈라덴은 장인의 정원을 오직 휴일에만 주말에 방문한다.

그러나 거의 모든 이웃은 그를 알고 그와 몇 마디 나누는 것을 좋아한다.

이제 미클로스 아저씨는 늙어 조금 자기 안으로 닫혀 있지만, 항상 친밀하게 믈라덴을 만나고 믈라덴과 안나에게 항상 과일을 주거나 믈라덴에게 자주 어떤 꽃이나 과일 묘목을 어떻게 심어야 하는지 우정 어리게 설명한다.

믈라덴의 장인 정원에는 이웃들이 자주 모여서 여러 시간 수다를 떨고 오래된 사과나무 아래 앉아서 믈라덴의 장인이 그들에게 제공하는 가정용 포도주를 맛본다.

여기 정원에서 휴일에는 일상생활의 미친 듯 빨리 가는 시간이 마치 사라진 듯 사람들은 오랫동안 수다를 떨고 아이들은 지치지 않게 뛰어다닌다.

그들의 얼굴은 신선한 공기로 빨갛게 되고 그들의 즐거운 외침은 정원을 가득 채운다.

일요일 늦은 저녁에 정원을 떠나서 일상의 걱정거리가 그들을 기다리는 도시로 돌아간다.

해는 벌써 꼭대기에 이르렀고 사과나무 그늘에서 안나의 어머니는 점심 식사를 탁자에 차렸다.

여기에도 나무와 꽃 사이에 하얀 식탁보가 탁자를 덮고 그 위에 벌써 4개의 맥주잔이 놓여 있다.

El la malnova ŝranko, kiu estas en la dometo, la bopatro de Mladen elprenas la botelon da brando kaj atente, kvazaŭ li plenumus riton, plenigas la kvar glasetojn per tiu ĉi hejma drinkaĵo kiu piketas la langojn kaj flamigas la okulojn.

Kiel hejme, ankaŭ ĉi tie, ili kvarope, Anna, Mladen kaj la gepatroj de Anna tagmanĝas malrapide kaj silente. Nur monotone susuras la akvo, kie sub la malfermita krano malvarmiĝas tri boteloj da biero. Tiu ĉi susuro kvazaŭ karesas Mladenon kaj li ekdronas sinke en silentan profundon. Li bone konas tiun ĉi senton, sed ĝi ne tre ofte, kaj ĉiam subite, obsedas lin. Por unua fojo Mladen eksentis ĝin kiam li estis dek aŭ dekdujara. Vesperiĝis. Mladen ankoraŭ ludis en la silenta korto de sia gepatra domo. Post la longa somera tago la vespero proksimiĝis malrapide, kvazaŭ atente. Antaŭ la miraj okuloj de la knabo, travidebla blua kurteno kovris ilian domon kaj la domo lante ekflugis al la ĉielo. Mladen bone konsciis ke lia infana imago kreis tiun ĉi nerealan bildon, sed tiam ĉio ĉirkaŭ li aspektis hela, pura, malpeza kaj ankaŭ li eksentis, ke li ekflugis.

Poste kiam li konatiĝis kun Anna kaj longe kune promenadis vespere ĉe la mara bordo Mladen foje, foje havis la saman senton, ke li dronas en agrablan profundan silenton.

작은 오두막에 있는 오래된 선반에서 믈라덴의 장인은 브랜디 병을 꺼내 의식을 수행하는 것처럼 조심스럽게 혀를 찌르고 눈을 불나게 하는 가정에서 빚은 술로 4개의 잔을 채웠다.

집과 마찬가지로 여기에서도 그들은 4명씩이고, 안나, 믈라덴 그리고 안나의 부모는 천천히 그리고 조용히 식사한다.

오직 단조롭게 물이 살랑살랑 소리를 낸다.

그 아래 맥주 3병이 시원하게 놓여 있다.

이 살랑거림이 마치 믈라덴을 어루만지는 듯해 조용한 깊음에 가라앉듯 잠겨 들었다.

그는 이런 느낌을 잘 안다.

그러나 그렇게 자주는 아니다. 항상 갑자기 그를 괴롭힌다.

처음에 믈라덴은 그것을 10살이나 12살 때 느꼈다.

저녁이 되었다.

믈라덴은 아직 부모님 집 마당에서 조용히 놀고 있다.

긴 여름날이 지나고 저녁은 천천히 마치 조심스럽게 가까이 다가온다.

남자아이의 놀라는 눈앞에서 꿰뚫어 볼 수 있는 파란 커튼이 그들 집을 덮어 집은 천천히 하늘로 날아갔다.

믈라덴은 그의 어릴 적 상상이 이런 비현실적인 그림을 만든다는 것을 잘 알았다.

하지만 그의 주변 모든 것은 밝고 깨끗하고 가볍게 보여서 그역시 날아간다고 느꼈다.

나중에 믈라덴이 안나를 알게 되어 오래도록 같이 바닷가에서 저녁에 산책했을 때 한 번은 그가 상쾌한 깊은 침묵에 잠기는 것 같은 느낌이 들었다.

Nun li deziras pli longe ĝui tiun ĉi senton, sed estas Emil, Anna, ŝiaj gepatroj kaj nur pro unu sola ilia movo aŭ vorto tiu ĉi benita sento forflugos kie vaporo kaj en Mladen restos nur la doloro, ke io kara por ĉiam malaperis kaj neniam, ĝuste tiel, denove revenos.

Antaŭ Mladen la patro de Anna atente tranĉas la viandon en sia telero kaj apetite longe maĉas la viandpecetojn. Li estas 65-jara, sed lia vizaĝo ankoraŭ estas glata, sen sulkoj, iomete brunas kiel freŝe bakita pano kaj kontrastas al lia tute blanka mola hararo. Lia ne tre alta frunto ankaŭ estas glata. Lia vizaĝo aspektas eĉ simpatia, sed io en ĝi kvazaŭ estas deformita aŭ ne tre harmonias kun la tuto. Tio estas liaj okuloj. Li portas okulvitrojn kun dikaj lensoj kaj malantaŭ ili malvarme rigardas du helverdaj akvaj okuloj.

La patro de Anna malmulte parolas, sed kiam li silentas liaj vitraj okuloj estas senmovaj kaj tra ili ne eblas penetri en liajn pensojn. Kiam li parolas, servema rideto lumigas lian rigidan vizaĝon kaj kvazaŭ li de ĉio kaj ĉiam estas kontenta, sed Mladen bone komprenas, ke la patro de Anna apartenas al tiuj homoj, kiuj zorge kaŝas siajn sentojn kaj neniam rekte esprimas siajn pensojn.

Nun la patro de Anna ridetas al la nepo, kiu senlace moviĝas, piedbatas kaj ĝoje krias en la infana lito.

지금 그는 이 느낌을 더 오래도록 즐기고 싶지만, 그 주변에 에밀, 안나와 그녀의 부모가 있어 그들의 한 가지 움직임이나 소리 때문에 이 축복 받은 느낌은 수중기처럼 날아갈 것이다. 그리고 플라덴 안에는 오직 여전히 사랑하는 무언가가 사라지고 바로 그렇게 결코 다시 돌아오지 않으리라는 고통만이 남을 것이다.

플라덴 앞에서 안나 아버지는 조심스럽게 접시에서 고기를 잘라 식욕을 돋우게 고기 조각을 오래도록 씹는다.

그는 65살이지만 그의 얼굴은 아직 매끈하고 주름도 없고 신선하게 구운 빵처럼 조금 갈색이라 완전히 부드럽게 하얀 머리카락과 대비된다.

그렇게 높지 않은 이마 역시 매끈하다.

얼굴은 동정적이게 보이지만 그 안에 무언가가 마치 변형된 듯 전체와 아주 조화롭지는 않다. 그것은 그의 눈이다.

그는 두꺼운 렌즈가 있는 안경을 썼다.

그 뒤에 차갑게 두 개의 밝고 푸른 물색 눈이 바라본다.

안나 아버지는 조금 말하지만, 그가 조용할 때 그의 안경 속 눈은 가만히 그것을 통해 그의 생각을 꿰뚫어 볼 수 없다.

그가 말할 때 봉사하는 웃음이 마치 그는 무엇이나 항상 만족한 것처럼 그의 굳은 얼굴을 비춘다.

그러나 플라덴은 안나 아버지가 조심스럽게 그의 느낌을 숨기고 결코 솔직하게 자기 생각을 나타내지 않는 그런 사람에 속한다는 것을 잘 안다.

지금 안나 아버지는, 지치지 않고 움직이고 발로 차고 어린이용 침대에서 기쁘게 소리 내는 손자를 보고 작게 웃는다.

- Staru, Emil, kaj donu al la avo glason da biero. - ironie diras la patro de Anna, sed Mladen bone komprenas al kiu estas adresita tiu ĉi aludo kaj tuj alportas la malvarmajn botelojn da biero. Mladen ankoraŭ ne tute plenigis la kvar glasojn kiam la patro de Anna soife kaptas sian glason kaj rapide ekdrinkas kelkajn grandajn glutojn. Sub la dikaj lensoj de la okulvitroj liaj senmovaj okuloj kontente ekfulmas.

Ili finis la tagmanĝon, sed ankoraŭ sidas apud la tablo. Agrable estas ĉi tie sub la maldensa ombro de la poma arbo, tra kiu penetras la molaj radioj de la maja suno. Agrable estas enspiri la printempan aeron, kiu havas odoron de freŝa herbo kaj poreca tero. Agrable estas sidi senmove kaj pensi pri nenio.

Mladen alrigardas al la flora bedo kie hezite klinas folietojn lia bulgara geranio. Malantaŭ la bedo, sub la profunda bluo de la ĉielo, amike interplektas branĉojn la malalta ĉerizarbo kaj la juna pruna arbo. Fore, malsupre, kiel serpento, arĝentas Danubo, tranĉita de la budapeŝtaj pontoj. De ĉi tie, de Lupa-monteto, la urbo aspektas bela, sed senanima en siaj eternaj ŝtonaj formoj.

"서라. 에밀. 할아버지에게 맥주잔을 드려라."

안나 아버지가 풍자적으로 말한다.

그렇지만 블라덴은 이런 언급이 누구에게 전달되고 곧 차가운 맥주병을 가져오라는 것임을 잘 안다.

안나 아버지가 목마른 채 잔을 들고 재빨리 큰 방울을 몇 번 마실 때 블라덴은 아직 4잔을 완전히 채우지 않았다.

안경의 두꺼운 렌즈 밑에서 그의 움직이지 않은 눈은 만족해 벼락처럼 빛을 낸다.

그들은 점심을 끝냈지만, 아직 탁자 옆에 앉아 있다.

사과나무의 성근 그늘은 상쾌하다.

5월의 해, 부드러운 빛이 그 사이를 뚫고 비친다.

봄의 신선한 풀과 다공성 흙냄새가 난 공기를 들이마시는 것은 상쾌하다.

움직이지 않고 앉아 있는 것, 아무것도 생각하지 않는 것은 상쾌하다.

블라덴은 불가리아 제라늄이 꽃잎을 주저하며 기댄 화단을 바라보았다.

화단 위에 하늘의 깊은 파랑 아래 낮은 체리 나무와 어린 자두나무가 가지를 다정하게 서로 엮고 있다.

멀리 아래에 뱀처럼 부다페스트 다리에 의해 잘린 다뉴브강은 은빛으로 흐른다.

여기 늑대 언덕에서 도시는 예쁘게 보이지만, 그의 영원한 돌 형체 속에서 영혼이 없어 보인다.

5.

Emola ne komprenis kio vekis ŝin. Ŝi malfermas okulojn, ekridetas infane kaj alrigardas la vekhorloĝon. Estas sepa horo kaj tridek minutoj. La oranĝkoloraj kurtenoj de la fenestro similas al grandegaj tulipoj, kiuj absorbas la matenajn sunradiojn. En la dormoĉambro regas intima mola krepusko kaj Emola ne volas ankoraŭ ellitiĝi. Tiel agrable estas kuŝi sub la varmeta kiel nesto dormkovrilo. Ĉi-nokte ŝi dormis dolĉe, profunde kaj nun ŝatus ankoraŭ iomete ĝui la silenton kaj trankvilon. En tiuj matenaj minutoj ŝi sentas, ke kvazaŭ ŝi trinkas kristalan akvon de susura montara torento.

Dekstre de ŝi dormas ŝia edzo kaj lia kata ronkado delikate aldoniĝas al la matena intimo en la ĉambro. Subite Emola ekdeziras kisi lian frunton, kiu estas dense ĉizita de profundaj sulkoj. Ŝi eĉ iomete etendas sian manon por karesi lian molan arĝentan hararon, sed timeme retiras la manon por ke hazarde ĝi ne veku lin. Sed la pasia deziro kisi kaj veki lin pli kaj pli obsedas ŝin kaj Emola jam vidas sin, lante kaj ebrie droni en lian varman fortan ĉirkaŭprenon. Ŝi enspiras profunde kaj provas subpremi tiun ĉi subitan senton. Ankaŭ ĉimatene ŝia edzo ekdormis post la kvara horo.

5. 에몰라의 삶

에몰라는 누가 그녀를 깨웠는지 알 수 없다. 그녀는 눈을 뜨고 어린이처럼 살며시 웃고 자명 시계를 바라보았다. 7시 30분이다. 주황색 창문 커튼은 아침 햇살을 빨아들이는 커다란 튤립 같다. 침실에서 친밀하고 부드러운 여명이 가득하고 에몰라는 여전히 침대에서 일어나고 싶지 않다. 둥지처럼 따뜻한 이불 밑에서 누워있는 것이 그렇게 상쾌하다. 이 밤 그녀는 달콤하게 푹 잤다. 지금 아직 조용함과 편안함을 조금 즐기고 싶다.

그런 아침의 짧은 시간이 마치 찰랑거리며 흐르는 산골의 급류에서 수정 같은 물을 마시는 느낌이다.

그녀의 오른쪽에는 남편이 곤히 자고 있다. 그의 사랑스러운 코 고는 소리는 침실에 아침의 친밀감을 미묘하게 더해준다. 갑자기 에몰라는 깊은 주름이 많이 새겨진 그의 이마에 입맞춤하고 싶다. 그녀는 그의 부드러운 흰머리를 쓰다듬으려고 손을 조금 뻗치기까지 했다. 하지만 조금 두려워하며 혹시라도 그를 깨우지 않으려고 손을 가져왔다. 하지만 그에게 입을 맞추고 깨우고자 하는 뜨거운 바람이 점점 그녀를 괴롭혔다. 그래서 에몰라는 천천히 취한 듯 그의 따뜻하고 강한 포옹에 안긴 자신을 벌써 느꼈다. 그녀는 깊이 숨을 들이마시고 이런 갑작스러운 느낌을 억누르려고 했다.

역시 오늘 아침에 그녀의 남편은 4시가 넘어 잠이 들었다.

Li kutimas labori nur nokte, enlitiĝas kaj ekdormas je la kvara matene kaj poste vekiĝas je la deka, kiam Emola jam ne estas hejme. Tial ili ordinare renkontiĝas en la Universitato. Estas komike, ke geedzoj preskaŭ ĉiun matenon renkontiĝas en la laborejo kaj ne hejme.

Cetere ankaŭ ilia unua renkontiĝo okazis en la Universitato, antaŭ sep aŭ ok jaroj. Tiam ĝi estis studentino kaj li solida profesoro pri malnova hungara literaturo. Dufoje semajne li eniris en ilian aŭditorion, portante subbrake multajn librojn, kiujn dum kelkaj minutoj li kutimis ordigi koncentrite, sur la katedro. Li prelegis malrapide, trankvile, rigardante jen al la fino de la aŭditorio. Tiam Emola eĉ ne supozis ke post la fino de sia studado, ĝi estos lia adjunktino.

Kiam Emola komencis prepari sian doktoran disertacion, ŝi ofte petis de la profesoro klarigojn kaj konsilojn. De tempo al tempo ŝi vizitis lin ankaŭ hejme.

Li, restante fraŭlo, vivis en soleco. Ankaŭ Emola estis sola. Ŝia patro delonge jam ne vivis kaj ŝia patrino loĝis en malproksima provinca urbeto. Longe Emola zorge kaŝis sian ligon kun la profesoro. Dudekkvinjara pli aga ol ŝi, li aspektis kiel ŝia patro.

Post la senbrua nupto, ŝi oficiale translokiĝis en la domon de la profesoro kaj tiel finiĝis ŝia fraŭlina vivo.

그는 습관적으로 오직 밤에만 일하고 침대에 들어 새벽 4시에 잠이 든다.

 그리고 나중에 에몰라가 이미 집에 없는 10시에 깨어난다. 그래서 그들은 보통 대학에서 만난다.

부부가 거의 매일 아침에 집이 아닌 일터에서 만나는 것은 우스운 일이다.

게다가 그들의 첫 만남 역시 7, 8년 전 대학에서 일어났다.

그때 그녀는 학생이었고 그는 고대 헝가리 문학의 엄격한 교수였다.

일주일에 두 번 그는 강의실에 들어와서 잔뜩 가져온 책을 몇 분간 강단 위에 가지런히 올려놓곤 했다.

그는 강의실에 끝 어딘가를 바라보면서 천천히 편안하게 강의했다.

그때 에몰라는 학업을 마친 뒤 그의 조수가 되리라고 짐작조차 하지 못했다.

에몰라가 자신의 박사 논문을 준비하기 시작할 때 교수에게 자주 설명과 조언을 청했다.

때로 그의 집까지 찾아갔다.

노총각인 그는 혼자 살았다.

에몰라 역시 독신이었다.

그녀의 아버지는 벌써 오래전에 돌아가시고 어머니는 먼 지방 소도시에 살고 계신다.

오래도록 에몰라는 교수와의 관계를 애써 숨겼다.

그녀보다 25살이 많은 그는 그녀의 아버지처럼 보였다.

조용한 결혼식 뒤 그는 공식적으로 교수의 집으로 이사 왔고 그렇게 해서 그녀의 아가씨 생활은 끝이 났다.

Emola volis plu rememori nek sian infanecon, nek siajn studentajn jarojn, kiuj pasis en luitaj ĉambroj, inter fremdaj familioj. Emola deziris tute forgesi la tempon kiam ofte, eĉ dufoje jare, ŝi devis ŝanĝi la loĝejojn kaj longe serĉi ian ĉambron, ne tre komfortan kaj pli malmulte kostan. Nun por ŝi, la malgrandaj kuirejoj en tiuj luitaj loĝejoj, la banejoj en kiuj ne estis loko por eĉ unu ŝia tuko, la cinikaj rigardoj de la dommastroj, la ĉiutagaj humilecoj, ĉio tio jam estis inkuba malproksima songô.

La vasta kaj trankvila domo de la profesoro aspektis kiel benita insulo. Ĝi estis eleganta vilao, kuŝanta en unu el la verdaj faldoj de la malaltaj montaroj, proksime ĉe la urbo. La grandaj fenestroj de la ĉambroj rigardis al pina arbaro. Malnovaj paŝtelaj portretoj ornamis la murojn kaj ia aristokrata silento regis en la tuta loĝejo.

La kabineto, kie laboris la profesoro, allogis per sia intima krepuska trankvilo. la sorĉa odoro de tabako kaj libroj ŝvebis en ĝi. Libroj estis ne nur sur la altaj, bretoj kaj masiva skribotablo, sed ankaŭ sur la planko. Staploj da libroj ĉirkaŭis la skribotablon kaj tio aldonis akademian malordon al tiu ĉi silenta azilo.

Longajn jarojn Emola sopiris pri sia propra domo. Nun, la plej kara ŝia revo realiĝis. Ŝi mebligis la ĉambrojn tiel kiel ŝi vidis antaŭe ilin, nur en siaj fraŭlinaj songôj.

에몰라는 셋방에서 낯선 가족 사이에서 살았던 어린 시절과 학생 시절을 더 기억하고 싶지 않았다.

에몰라는 자주 1년에 두 번까지 집을 옮겨야 했고 오래도록 그렇게 편안하지 않고 더 값이 싼 어떤 방을 찾아야만 했던 그런 시절을 완전히 잊고 싶었다.

지금 그녀에게 그 셋방의 작은 부엌, 그녀의 수건 한 장 놓을 장소가 없는 욕실, 집주인의 냉소적인 시선. 매일의 열악함, 그 모든 것이 벌써 먼 악몽의 꿈이었다.

교수의 넓고 편안한 집은 축복 받은 섬과 같이 보인다.

그것은 도시 가까이에 낮은 언덕의 푸른 주름진 곳 한 곳에 누워있는 우아한 빌라다.

방의 커다란 창은 소나무 숲을 향하고 있다.

오래된 파스텔 초상화가 벽을 장식하고 귀족 사회의 침묵이 온 집에 가득했다.

교수가 일하는 사무실은 친밀하고 희미한 편안함으로 매력적이다.

담배와 책의 매혹적인 냄새가 그 안에서 떠다닌다.

책들은 높은 선반이나 대형 탁자 위뿐만 아니라 마루 위에도 있다. 책 무더기가 탁자를 둘러싸고 그것이 이 조용한 피난처에 학구적인 어수선함을 더해주었다.

여러 해 에몰라는 자신만의 집을 꿈꾸었다.

지금 그녀의 가장 사랑하는 꿈이 실현되었다.

그녀는 오로지 그녀의 아가씨 때 꿈에서 전에 본 그대로 방에 가구를 배치했다.

Emola ankoraŭfoje etendiĝas en la lito kaj atente, senbrue ellitiĝas. Ŝi surmetas siajn pantoflojn, silente eniras en la banejon kaj deprenas sian diafanan rozkoloran noktĉemizon. Kiel arbara feino Emola ekstaras nuda antaŭ la mura spegulo. La bluaj platetoj en la banejo respegulas la intiman lumon kaj briletoj karesas ŝian molan haŭton. Ŝia longa hararo kiel akvofalo kovras la ŝultrojn. Honteme ŝi tuŝas per manoj la mamojn, kiuj similas al ovalaj neĝmontetoj. Ŝi vante alrigardas sin en la spegulo. Ŝia korpo estas alta kaj svelta kun glataj femuroj.

Ĝis kiam la malvarmeta akvo el la duŝo surverŝas ŝian laktan haŭton, Emola pripensas la programon de sia hodiaŭa tago. Je la naŭa horo komenciĝas ŝiaj lecioj en la Universitato, posttagmeze ŝi planis iri al frizistino kaj se ŝi havos tempon, ŝi vizitos Annan, ŝiap amikinon de la studentaj jaroj. Delonge ŝi ne vidis Annan. Eble lastfoje ili renkontiĝis pasintjare, en novembro, kiam Anna naskis kaj Emola vizitis ŝin hejmen por vidi la infanon. Tiam la knabo de Anna estis nur dusemajna kaj similis al lanugarozkolora pilko. Eble nun, li jam estas dolĉa knabo, pli ol duonjara.

De tempo al tempo Emola telefonas al Anna kaj ofte invitas ŝin hejmen, sed Anna eĉ foje ne gastis ĉe ŝi kaj Emola suspektas, ke Anna evitas viziti la domon de la profesoro.

에몰라는 아직 침대에서 몸을 편안히 하고 조심해서 소리 나지 않게 침대에서 나왔다.

그녀는 슬리퍼를 신고 조용히 욕실로 들어가서 투명한 장미색 잠옷을 벗었다.

숲속의 요정처럼 에몰라는 옷을 벗고 벽 거울 앞에 섰다.

욕실의 파란 작은 타일 조각이 친밀한 빛을 반사하고 작은 반짝임이 그녀의 부드러운 피부를 어루만진다.

그녀의 긴 머리카락은 폭포처럼 어깨를 덮었다.

부끄러워하며 그녀는 계란형의 눈 언덕 같은 가슴을 두 손으로 만졌다.

그녀는 거울에서 공허하게 자신을 바라보았다.

그녀는 키가 크고 매끄러운 넓적다리에 날씬하다.

샤워기의 시원한 물이 그녀의 우윳빛 피부를 적셔 흐를 때까지 에몰라는 오늘 하루 일정을 생각했다.

9시에 대학 강의가 시작되고 오후에 미용실에 갈 계획이다.

시간이 된다면 학생 시절의 친구 안나를 방문할 것이다.

오래도록 안나를 보지 못했다.

아마 지난번에 안나가 아이를 낳은 지난해 11월에 그들은 만났다.

에몰라는 아이를 보려고 집으로 그녀를 찾아갔다.

그때 안나의 남자아이는 겨우 2주 되었고 장미색 부드러운 공 같았다.

아마 지금 그 아이는 2살 이상의 달콤한 남자일 것이다.

때로 에몰라는 안나에게 전화해서 자주 집으로 그녀를 초대했지만, 안나는 한 번도 손님으로 오지 않았다.

에몰라는 안나가 교수집 방문하기를 피한다고 짐작했다.

"Interese, kiel fartas la edzo de Anna, tiu simpatia bulgaro? Eble li jam bone eklernis la hungaran lingvon?"

Emola fermas la kranon de la duŝo, surmetas la rozkoloran banmantelon kaj per tuko atente sekigas sian glatan vizaĝon. Post tiu ĉi rapida kaj freŝiga baniĝo, ŝajnas al ŝi, ke ŝia haŭto pli libere spiras kaj delikate odoras de maturaj aŭtunaj pomoj. Ŝi malrapide kaj atente vestiĝas, eniras en la kabineton de sia edzo kaj skribas al li mallongan noteton:

"Kara, hodiaŭ mi vizitos Annan kaj mi revenos hejmen eble post la naŭa vespere.

Kisojn: Emi"

De la pina arbaro alblovas freŝa vento kaj la infana rideto de Emola denove ekbrilas. La ĝardeno, antaŭ la vilao, kuŝas en dorma silento. Emola malŝlosas la pordeton de sia ĉokolad-kolora Warburg, eniras en ĝin, neglekte metas sian saketon sur la sidlokon ĉe si kaj lerte ekigas la aŭton. Ĝi glitiĝas kiel sledo sur la dekliva asfaltita strato kaj por momento en la pura aero nur eta blua strio restas post ĝi.

La ŝoseo al la urbo pasas inter altaj pinaj arboj. Emola eksentas subitan deziron haltigi la aŭton, eliri el ĝi kaj longe sencele vagadi sub la verda ombro de la silenta arbaro.

착한 불가리아 사람, 안나의 남편은 어떻게 지낼까 흥미롭다.
아마 그는 벌써 헝가리 말을 잘 배웠겠지?
에몰라는 샤워기 손잡이를 잠그고 장미색 욕실 가운을 걸치고
수건으로 그녀의 매끈한 얼굴을 닦았다.
이 빠르고 신선한 샤워가 그녀의 피부를 더 자유롭게 숨 쉬도
록 하는 것 같고
잘 익은 가을 사과 냄새가 미묘하게 났다.
그녀는 천천히 조심스럽게 옷을 갈아입고
남편 사무실로 들어가서 그에게 짧은 편지를 썼다.
 '여보, 오늘 나는 안나를 방문해요
집에 아마 저녁 9시 넘어 돌아올게요
당신에게 사랑을.
에미.'
소나무 숲에서 신선한 바람이 불어온다.
에몰라의 어릴 적 웃음이 다시 빛났다.
빌라 앞 정원은 잠의 침묵 속에 누워있다.
에몰라는 자신의 초콜릿 색 **바르부르크** 자동차 문을 열고 타
서 아무렇게나 자기 옆자리에 핸드백을 놓고 능숙하게 차를
운전했다.
그것은 경사진 아스팔트를 썰매처럼 미끄러져 잠깐 신선한 공
기 속에 작고 파란 선만 그 위에 남았다.
도시로 가는 고속도로는 높은 소나무 사이를 지나갔다.
에몰라는 차를 세우고 차에서 나와 오래도록 목적 없이 조용
한 숲의 푸른 그림자 아래서 헤매고 싶은 느닷없는 갈망을 느
꼈다.

Dufoje ĉiutage per aŭtomobilo aŭ per aŭtobuso Emola trapasas tiun ĉi arbaron, sed ŝi neniam promenadis en ĝi. Ŝi eĉ ne scias kiel ĝi odoras printempe, vintre aŭ somere.

Post dudek minutoj estos naŭa horo. Emola nerve premas la gaspedalon. La altaj pinaj arboj forkuras malantaŭen. La urbo kiel grandega monstro ĉirkaŭprenas la ĉokoladkoloran aŭton kaj ĝi ekdronas en la hurla maro de aŭtobusoj, aŭtoj, tramoj. Ruĝas, flavas, verdas antaŭ la okuloj de Emola, sed ia nevidebla forto gvidas senerare ŝian aŭton.

Emola haltigas la aŭtomobilon, rapide eliras el ĝi kaj spirege supreniĝas ĝis la tria etaĝo de la Universitato. La studentoj jam atendas ŝin.

En tiu ĉi varmega maja tago la tempo lante rampas kaj kiam post la fino de la lernohoroj. Emola ekiras por tagmanĝi, ŝi jam estas laca, nerva, apatia. Longe kaj senmove ŝi sidas en malhela angulo de silenta restoracio. De la najbara tablo, juna brunharara viro, eble fremdulo, daŭre arogante fiksas ĝin kaj Emola jam sentas, ke post sekundo aŭ du, tiu ĉi ulo venos kaj senceremonie alparolos ŝin. Ekstere la suno senkompate brilas, sed Emola elektas la tagmezan varmon prefere ol la eventualan societon de la fremdulo.

매일 두 번 자동차나 버스로 에몰라는 이 숲을 지나갔지만, 한 번도 그 안에서 산책해 본 적이 없다.

그녀는 봄에, 겨울에, 아니면 여름에 그 숲에서 어떤 냄새가 나는지조차 모른다.

20분 뒤에 9시가 될 것이다.

에몰라는 신경질적으로 가속페달을 밟는다.

높은 소나무가 뒤로 빠르게 지나간다.

도시는 커다란 괴물처럼 초콜릿색 자동차를 껴안고 버스, 차, 기차의 울어대는 바다에 빠뜨린다.

에몰라의 눈앞은 빨갛고 노랗고 푸르다.

그러나 뭔가 볼 수 없는 힘이 그녀의 자동차를 이끈다.

에몰라는 차를 세우고 서둘러 거기서 나와 학교건물 3층까지 숨 가쁘게 올라간다.

학생들은 벌써 그녀를 기다린다.

이 뜨거운 5월 하루에 시간은 천천히 기어가고 수업 시간이 끝난 뒤에 에몰라는 점심 먹으러 나갔다.

그녀는 벌써 지쳐 신경질적이고 무감각해진다.

오래도록 움직이지 않고 조용한 식당의 어두운 구석에 앉아 있다.

이웃 탁자에 젊은 갈색 머릿결 남자가 아마 외국인처럼 보이는 데 계속해서 대담하게 그녀를 뚫어지게 보고 있어 에몰라는 일이 초 뒤에 이 남자가 와서 예의 없이 말을 걸 것을 벌써 느꼈다.

밖에는 해가 인정사정없이 빛나지만, 에몰라는 이방인과의 일시적인 만남보다 더 오후의 따뜻함을 선택한다.

Ankoraŭ estas frue por iri en la frizejon kaj ŝi pasigas duonhoron en vagado sur la senhomaj stratoj kaj en enua gapado al la elegantaj vitrinoj.

Je la dua horo ŝi jam sidas en la malvarmeta frizejo, rigardante sian lacan fizionomion en la spegulo, sed la senĉesa babilo de la juna frizistino enuigas kaj kolerigas ŝin. Tiu ĉi knabino estas ĉiam bonege informita pri la plej novaj artikloj aĉeteblaj en la urbo. Emola ankoraŭ estis studentino kiam ili konatiĝis kaj antaŭe Emola sentis simpation al ŝi, sed nun tiu ĉi blonda stultulino estas teda, ĉar ŝi neniam forgesas aludi, ke ŝi nenion studis, sed pli multe salajras ol sia edzo, kiu estas inĝeniero.

여전히 미용실에 가기에는 이른 시간이다.

인적 없는 거리에서 30분간 헤매며, 멋진 진열대를 지루하게 쳐다보며 시간을 보낸다.

2시에 그녀는 시원한 미용실에서 거울로 피곤한 인상의 자신을 바라보며 앉아 있지만, 젊은 미용사의 쉴 새 없는 수다가 지루하고 화나게 했다.

이 아가씨는 도시에서 살 수 있는 가장 최신 상품에 대한 아주 좋은 정보를 항상 가지고 있다.

에몰라가 서로 알게 될 때는 아직 대학생이었다.

전에 에몰라는 그녀에게 동정심을 느꼈다.

그러나 이 금발의 숙맥은 권태를 느끼게 한다.

왜냐하면, 그녀는 아무 공부도 안 했지만, 기술자인 남편 보다 훨씬 많이 번다고 넌지시 말하는 것을 절대 잊지 않아서.

6.

Post dudekminuta trairado sur mallarĝaj urbaj stratoj, Emola haltigas sian aŭton antaŭ la domo de Anna.

Anna renkontas ŝin kare, kiel antaŭ kelkaj jaroj, kiam Emola pli ofte gastis ĉe ŝi. Tiam ili kutimis lerni kune por la ekzamenoj kaj ofte Emola restis dormi ĉi tie. La lito de Anna malavare azilis, la du amikinojn kaj kuŝante unu ĉe alia, ili longe flustris en la mallumo. Ili parolis kaj la noktoj neniam sufiĉis por iliaj senfinaj konfesoj. En iliaj knabinaj konversacioj aperadis la figuroj de konataj junuloj kaj nur en rozaj koloroj ili vidis sian futuron. Anna deziris instrui kaj revis pri trankvila familia vivo. Jen, ŝi jam estas instruistino, ŝi havas edzon, infanon kaj eble tro trankvilan familian Vivon.

Kiam antaŭ tri jaroj Emola eksciis, ke Anna edziniĝis al eksterlandano, ŝi ege surpriziĝis. Eble Anna forte ekamis tiun ĉi junulon, sed kiu nuntempe edziniĝas nur pro amo? Ĉu Anna ne pensis, ke ŝia edzo malrapide eklernos hungaran lingvon kaj pene trovos taŭgan laboron?

Emola restas sola en la gastĉambro, ĉar la infano de Anna subite ekploras. Dum unu jaro preskaŭ nenio ŝanĝiĝis ĉi tie.

6. 에몰라의 방문

 좁은 도시의 거리를 20분 지나간 뒤 에몰라는 안나의 집 앞에 차를 세웠다.

안나는 에몰라가 훨씬 자주 자기 집에 왔던 몇 년 전처럼 그녀를 사랑스럽게 맞이한다.

그때 그들은 자주 함께 시험공부를 했고, 자주 에몰라는 여기에 자면서 지냈다.

안나의 침대는 흔쾌히 두 여자 친구의 피난처가 되고 곁에 누워서 그들은 오랫동안 어둠 속에서 속삭였다.

그들이 대화하고 밤은 그들의 끝없는 고백 속에서 절대로 충분하지 않았다.

그 여자아이들의 대화 속에서 아는 남자들의 얼굴이 나타나고 오직 장밋빛으로 장래를 보았다.

안나는 가르치고 안정된 가정생활을 꿈꿨다.

이제 그녀는 교사가 되었고 남편과 아이도 있고 아마 안정된 가정생활도 이루었다.

3년 전에 에몰라는 안나가 외국 사람과 결혼한다고 알았을 때 매우 놀랐다.

아마 안나는 이 청년에게 깊게 사랑에 빠졌지만, 요새 누가 사랑 때문에만 결혼하는가?

안나는 남편이 헝가리어를 천천히 배울 것이고 적당한 일거리를 찾으려고 애쓰게 될 것을 생각하지 않았는가?

에몰라는 응접실에 혼자 남아 있다.

안나의 아이가 갑자기 울어서.

여기는 1년 동안 거의 아무것도 변하지 않았다.

En la angulo, inter la fenestro kaj skribotablo, la olda murhorloĝo ritme kaj ekzakte nombras la forpasintajn minutojn. La bruna peza skribotablo silentas ĉe la muro. Eble nun Anna tute ne havas tempon sidi ĉe ĝi tiel kiel ili sidis kaj legis kune antaŭ kelkaj jaroj.

"Kiam mi studis, eĉ propran skribotablon mi ne havis." - rememoras subite Emola.

Sed io nova estas en tiu ĉi konata kaj malnova ĉambro. Tie, en alia angulo, kie estis la lito de Anna, nun staras alta kaj moderna libroŝranko. Inter la oldaj kaj kaŝtankoloraj mebloj, la hela libroŝranko kvazaŭ lumigas la tutan ĉambron. En la tuta domo Emola sentas ian novan freŝan odoron. Odoron de lakto kaj bebo.

Post kelkaj minutoj Anna alvenas kun Emil kaj ŝia milda rideto denove ekbrilas kare.

- Mi ĝojas, ke vi venis, Emola.

La rideto de Anna estas sincera, sed Emola intermetas pikeme:

- Eble stinke odoras la mono kaj tial vi ne deziras eĉ foje gasti ĉe mi.

Subita ombro trapasas antaŭ la lazuraj okuloj de Anna, sed ŝi restas trankvila.

- Kara, ne pensu tiel, - peteme diras Anna - vi vidas kiom da okupoj mi havas kun la infano. Nenien ni povas iri.

창과 책상 사이 구석에 오래된 벽시계는 규칙적으로 정확히 지나간 시간을 숫자로 보인다.

갈색의 무거운 책상은 벽에 조용히 붙어 있다.

아마 안나는 몇 년 전에 함께 앉아서 책을 읽는 것처럼 지금 거기에 앉을 시간이 전혀 없을 것이다.

'내가 공부할 때 나는 내 책상조차 가지고 있지 못했다.'

갑자기 에몰라는 기억했다.

그러나 새로운 무언가가 이 익숙하고 오래된 방에 있다.

안나의 침대가 있는 저기 구석에 지금 크고 현대적인 책장이 서 있다.

오래된 밤색 가구 사이에서 밝은 책장은 마치 온 방을 비추는 듯했다.

방 전체에서 에몰라는 뭔가 새롭고 신선한 냄새를 느꼈다.

우유와 아이 냄새다.

몇 분 뒤에 안나는 에밀과 함께 들어왔다.

그녀의 부드러운 웃음이 사랑스럽게 다시 빛이 났다.

"에몰라, 네가 와서 나는 기뻐."

안나의 웃음은 진지했지만, 에몰라는 찌르듯이 끼어들었다.

"아마 돈이 악취가 나서 너는 나한테 손님으로 한 번도 오고 싶지 않았겠지."

안나의 하늘빛 눈앞에 갑자기 어둠이 지나갔지만, 편안히 머물렀다.

"친구야, 그렇게 생각하지 마."

부탁하듯 안나가 말한다.

"아이와 함께 있어 얼마나 일이 많은지 보잖아.

어디에도 갈 수 없어.

Jam ses monatojn mi eĉ filmon ne observis kun Mladen.

- Por du aŭ tri horoj vi povas trankvile lasi la infanon ĉe via patrino. Eĉ vi povas veni kun la infano ĉe ni. Vi konas mian edzon nur kiel profesoron, sed ankaŭ li ege amas infanojn. Foje mi venos kaj per la aŭto mi portos vin en mian domon. Eĉ estus bone, se ankaŭ niaj edzoj ekkonos unu la alian.

- Emola, tion vi ne pensas serioze. ¬ ekridetas Anna ¬ Ŝajnas al mi, ke niaj edzoj malfacile trovos komunan temon por konversacio. - ŝi apenaŭ ne eldiras, ke la profesoro povus esti eĉ patro de Mladen, sed ŝi traglutas tiujn ĉi vortojn kaj nur aldonas: ¬ Por via edzo la tempo estas tre valora kaj ni ne devas maltrankviligi lin.

Sed ankaŭ tiu ĉi frazo ofendas Emolan. Ŝi silente alrigardas Annan kaj provas tuj ekrideti, kvazaŭ ŝi ne aŭdis la lastajn vortojn de sia amikino.

- Mi decidis. Venontan semajnon mi venos kaj portos vin hejmen per la aŭto. Ĉu ĵaŭde estos oportune por vi? - demandas Emola.

Anna pripensas sekundon aŭ du kaj diras, ke por ili eble pli bone estus vendrede gasti ĉe Emola.

- Ho, vendrede ne estas oportune. ¬ elspiras Emola.

- Pasintan semajnon mi aĉetis meblojn por nia gastĉambro kaj oni alportos ilin ĝuste vendrede.

벌써 6개월간 믈라덴과 영화 한 번 본 적이 없어."

"두세 시간 동안 네 부모님에게 편안하게 아이를 맡길 수 있잖아.

아이와 함께 우리 집에 올 수도 있어.

너는 내 남편을 교수로만 알고 있지만, 그도 아주 어린 아이를 좋아해.

한번은 내가 와서 차로 너를 내 집에 데리고 갈 수 있어.

우리 부부도 서로 알게 되면 더 좋을 텐데."

"에몰라, 그것을 진지하게 생각하지 마."

안나가 살짝 웃었다.

"우리 남편들이 대화할 공통 주제를 찾기가 내가 보기에 쉽지는 않아."

그녀는 교수가 거의 믈라덴의 아버지일 수 있다고 간신히 말하지 않았지만, 이 단어를 삼키고 단지 덧붙였다.

"네 남편에게 시간은 아주 가치 있어.

우리는 그를 불안하게 해선 안 돼."

하지만 이 문장 역시 에몰라를 기분 나쁘게 했다.

그녀는 조용히 안나를 바라보면서 조금 웃으려고 했다.

마치 친구의 마지막 단어를 듣지 않은 것처럼.

"나는 결심했어. 돌아오는 주말에 내가 와서 차로 너를 집으로 데려갈 거야. 목요일에 너는 괜찮지?" 에몰라가 물었다.

안나는 일이 초 생각하더니 금요일에 에몰라 집에 가는 것이 아마 더 좋을 것이라고 말한다.

"아쉽구나. 금요일에는 괜찮지 않아."

에몰라가 숨을 내쉬었다. "지난 주말에 나는 응접실용 가구를 샀어. 마침 금요일에 가져다줄 거야.

Vendrede ni estos ege okupataj pro la ordigo de la mebloj. Post longa serĉado, finfine mi sukcesis aĉeti tre belajn barokajn meblojn. Mia edzo unue ne konsentis pri tiu ĉi aĉetado, sed mi tre insistis. Nin ofte vizitas famaj verkistoj, filologoj, eĉ eksterlandaj sciencistoj kaj ni devas havi stilajn meblojn, ĉu ne.

Emola eksilentas. Ŝi direktas vualitan rigardon al la olda murhorloĝo kaj eble provas denove image vidi kiel aspektos la novaj mebloj en ŝia vasta gastĉambro. Anna ne demandas ŝin kiom da kostas la barokaj mebloj. Anna scias ke tio estas grandioza sumo.

– Jes. – vigle diras Emola. – Mi venos sabate. Sabate estas libera tago kaj ankaŭ Mladen venos kun ni.

En tiu ĉi momento Mladen, kiu ĵus revenas hejmen de la oficejo, eniras en la ĉambron.

– Jes, nun ni kune povas decidi. – ekridetas Anna.

Emola kokete alrigardas Mladenon. Ŝajnas al ŝi, ke dum tiuj ĉi ses monatoj io en li ŝanĝiĝis. En la peĉkolora fruntbuklo arĝentas kelkaj hareroj kaj lia vizaĝo aspektas pli pala ol antaŭe. Liaj molaj profundaj okuloj rigardas atente kaj trankvile. Antaŭ tri jaroj Mladen aspektis kiel gaja knabo, sed nun de lia tuta personeco radias ia nobla impono. Agrabla maltrankvilo obsedas Emolan kaj ŝi eksentas ŝiajn piedojn molaj kiel kaŭĉuko.

금요일에 가구 정리하느라 아주 바쁠 거야. 오랫동안 찾은 끝에 마침내 매우 예쁜 바로크식 가구를 사는 데 성공했어.

우리 남편은 처음에 사는 것을 동의하지 않았지만, 내가 아주 많이 우겼지.

유명한 작가, 심리학자, 외국의 과학자들조차 우리를 자주 방문해. 우리는 품격 있는 가구를 가져야 해 그렇지?"

에몰라는 조용했다.

그녀는 베일에 잠긴 시선으로 오래된 벽시계를 향했다.

아마 그녀의 넓은 응접실에 새 가구를 관찰자로 다시 상상하며 보는 듯했다.

안나는 바로크가구가 얼마인지 그녀에게 묻지 않았다.

안나는 그것이 엄청난 금액임을 안다.

"그래" 에몰라는 활기차게 말한다. "

내가 토요일에 올게. 토요일은 휴일이니까 믈라덴도 우리와 함께 와야지." 이 순간 직장에서 집으로 방금 돌아온 믈라덴은 방으로 들어온다.

"응, 이제 우리는 함께 결정할 수 있어."

안나가 살짝 웃는다. 에몰라가 애교를 부리며 믈라덴을 쳐다본다. 이 6개월 동안 그는 무언가 변한 것처럼 그녀에게 보였다. 검은색 고수머리에 몇 가닥 머리카락은 은색이고 그의 얼굴은 전보다 더 창백해 보인다. 그의 부드럽고 깊은 눈은 조심스럽게 편안하게 바라본다.

3년 전에 믈라덴은 즐거운 남자아이처럼 보였지만, 지금 모든 인간성이 뭔가 귀중한 존경의 빛이 나온다.

상쾌한 불안감이 에몰라를 괴롭히고 발이 고무처럼 부드럽게 느낀다.

- Ĝuste nun mi invitis Annan gasti ĉe ni sabate. - klarigas kokete Emola. ⁻ Mi opinias, ke sabate vi ne havas okupojn kaj vi triope venos hejmen. Mi eĉ portos vin per la aŭto.

Mladen silentas iome kaj lakone respondas:

- Jes, sabate mi estas libera. Ni gastos ĉe vi, sed ni venos per aŭtobuso.

Emil gaje moviĝas en la manoj de Anna. Li scivole rigardas Enrolan.

- Donu iomete al mi tiun ĉarmulon. - petas Emola.

Anna donas Emilon kaj Emola atente ĉirkaŭprenas la knabeton. Mladen rimarkas, ke ŝi tenas Emilon kiel grandegan kristalan vazon, kiu subite falos kaj rompiĝos je mil pecetoj. Mladen ne komprenas ĉu Emola estas mallerta teni infanon aŭ ŝi timiĝas, ke la senĉesa moviĝo de Emil ĉifos ŝian robon. Kaj ŝia robo vere estas eleganta. Somera robo kun pli granda dekoltaĵo kiu diskrete montras ŝian molan rozkoloran haŭton kaj bone reliefigas ŝian belan kolon. La robo havas purpuran koloron, kiu kontrastas al la verdbrilaj okuloj de Embla. Tiuj ĉi absintkoloraj okuloj eligas imperativon kaj potenco. Ilia rigardo pikas kaj Mladen nevole alrigardas la lazurajn okulojn de Anna. La okuloj de Anna respegulas silentan trankvilon, kiun oni sentas rigardante longe la senmovan surfacon de montara lago.

"바로 지금 나는 안나에게 이번 토요일에 우리 집에 오라고 초대할게." 에몰라가 애교스럽게 설명했다.

"토요일에 너는 일이 없고 너희 셋은 집에 올 수 있다고 나는 생각해. 내가 차로 너희를 데려다줄 거야."

플라덴은 조금 조용하더니 간단히 대답한다.

"그래요. 토요일에 나는 한가해요. 우리가 당신 집에 갈게요. 하지만 버스로 갈게요."

에밀은 안나의 손에서 즐겁게 움직인다.

그는 호기심을 가지고 에몰라를 바라본다.

"이 매력 덩어리를 내게 잠시만 줘봐." 에몰라가 부탁한다.

안나는 에밀을 주고 에몰라는 주의해서 어린아이를 껴안는다.

플라덴은 그녀가 에밀을 갑자기 떨어져 천 개의 조각으로 부서질 커다란 수정 꽃병처럼 잡는 것을 알아차린다.

플라덴은 에몰라가 아이를 안는데 서투른지,

에밀의 끊임없는 움직임이 그녀 외투를 못 쓰게 하는 것을 두려워하는지 이해하지 못한다.

그리고 그녀의 옷은 정말 우아하다.

목덜미가 깊게 파인 여름옷은 미묘하게 그녀의 부드러운 장미색 피부를 보여 주고 그녀의 예쁜 목을 강조한다.

옷은 푸르게 빛나는 에몰라의 눈동자와 대비되는 자주색이다.

이 쑥색 눈동자는 명령과 능력을 내뿜는다.

그 시선이 쏘는 듯해 플라덴은 의식하지 않게 안나의 하늘빛 눈동자를 바라본다.

안나의 눈은 산정호수의 움직이지 않는 표면을 바라보며 느끼는 조용한 편안함을 비춰준다.

– Ankoraŭ estas majo kaj kiel ĉokoladkolora estas la vizaĝo de Emil. – miras Emola.

– Li havas la koloron de sia patro, – ridete respondas Anna – sed ĉiutage unu horon minimume ni promenadas ekstere kaj sabate kaj dimanĉe ni estas en la ĝardeno.

– Jes, via patro havas ĝardenon sur Lupa-monteto. – intermetas Emola. – Ĉu tie hazarde oni ne vendas nun ian ĝardenon? Mi ŝatus aĉeti ĝardenon ie proksime ĉe la urbo.

– Sed vi loĝas en vilao, sur Pinarbara-monteto. – ne komprenas Anna.

– Pinarbara-monteto estas kvartalo de la urbo kaj mi ŝatus havi ĝardenon ekster la urbo, ekzemple sur Lupamonteto aŭ sur Monaheja-herbejo. Por Antal necesas silenta angulo, kie li povus trankvile labori kaj ripozi. Li tre malofte estas meze de la naturo. Lia ege fermita vivo jam maltrankviligas min pri lia sano. Unue mi planis aĉeti ĝardenon ĉe Balatono, sed nun tio tute ne eblas kaj tial mi serĉas ian pli malmultekostan ĝardenon ie proksime ĉe Budapeŝto.

– Mi demandos kaj se iu vendas ĝardenon sur Lupamonteto, mi telefonos al vi. – proponas Anna.

"Eble nun estas modo havi ĝardenon ie proksime ĉe la urbo." meditas Mladen ironie.

– Mi jam devas foriri. – diras Emola.

"아직 5월이고 에밀의 얼굴은 얼마나 초콜릿색인가?" 에몰라는 놀랐다.

"아이는 아버지 색을 가졌어." 안나가 살짝 웃으며 대답한다. "하지만 매일 최소 1시간 밖에서 산책하고 주말에는 정원에 있어."

"그래, 네 아버지는 늑대 언덕에 정원을 가지고 계시지." 에몰라가 끼어들었다.

"거기 혹시 누가 지금 어떤 정원을 팔지 않니? 나는 도시 근처 어디인가 가까이에 정원을 사고 싶어."

"하지만 너는 소나무숲 언덕 위 빌라에 살잖아." 안나가 이해 못 한다.

"소나무 숲 언덕은 도시 지역이야.

나는 도시 외곽에 예를 들어 늑대 언덕이나 기도원 풀밭 위에 정원을 가지고 싶어.

안탈에게 조용한 구석이 필요해.

거기서 편안히 일하고 쉴 수 있어.

그는 정말 어쩌다 한 번 자연 가운데 있어.

아주 많이 닫힌 그의 삶이 벌써 그의 건강에 관해 나를 걱정시켜. 처음에 나는 정원을 **발라토노**에 사려고 계획했지만 지금 그것은 불가능하고 부다페스트 근처 어딘가에 뭔가 더 값싼 정원을 찾고 있어."

"내가 물어볼게. 그리고 늑대 언덕에서 누가 정원을 판다고 하면 네게 전화할게." 안나가 제안했다.

'아마 지금 도시 근처 어딘가에 정원을 갖는 것이 유행이야.' 믈라덴이 풍자적으로 생각한다.

"나는 가봐야 해." 에몰라가 말한다.

Ŝi kisas Emilon kaj Annan, etendas manon al Mladen kaj rigardante lin insiste, ankoraŭfoje ripetas: – Sabate mi atendas vin. Ĝis revido.

Emola foriras. Anna revenas rapide en la infanĉambron, ĉar jam ŝi devas bani Emilon.

– Mi ne povas ekkoni Emolan. – ekparolas Anna. – Ĉu povas esti? Nun ŝi aspektas tute alia. Kiam ni studis Emola estis silentema, diligenta, modesta. Ŝi havis sciencajn ambiciojn kaj nun... ŝi parolas nur pri mebloj, ĝardenoj, aŭtomobiloj kaj ĉiu dua ŝia frazo estas: "Mia domo, mia ĉambro, mia aŭto..."

La motoro de la aŭto ritme zumas. Emola nerve ekbruligas cigaredon. La ruĝa flameto de la alumeto por sekundo lumigas ŝian palan vizaĝon. En la domo de Anna ŝi ne deziris ekfumi pro la infano kaj nun profunde ŝi enspiras la amaran fumon.

La strataj estas trankvilaj. Delonge finiĝis la labortago kaj en mallumaj ĉambroj, honestaj familioj silente sidas antaŭ la televidoj. Emola kvazaŭ denove vidas la viglajn okuletojn kaj la dolĉan stumpnazeton de Emil kaj ŝi dolore rememoras la freŝan laktodoron, kiun ŝi eksentis en la domo de Anna.

La maja vespero estas hela, riĉstela, sed en la aŭto la varmo sufokas ŝin. Emola nerve malfermas la etan fenestron. Subita ekblovo karesas sian varman ruĝan vizaĝon.

그녀는 에밀과 안나에게 입맞춤하고 믈라덴에겐 손을 내민다.
계속 그를 바라보고 다시 한번 반복한다.
"토요일에 기다립니다. 안녕히." 에몰라는 떠난다.
안나는 빠르게 아이 방으로 간다.
이제 에밀을 씻어야 하니까.
"나는 에몰라를 알 수 없어." 안나가 말을 꺼냈다.
"그럴 수 있어? 지금 그녀는 완전히 다른 사람 같아.
우리가 공부할 때 에몰라는 조용하고 부지런하고 겸손했어.
그녀는 과학적인 야심도 있었어.
그리고 지금 그녀는 오직 가구, 정원, 자동차에 대해서만 말하
고. 모든 그녀의 두 번째 말은 내 집, 내 방, 내 차⋯⋯."
차의 시동 소리가 가락 있게 윙윙 헤맨다.
에몰라는 신경질적으로 담배에 불을 붙인다.
성냥의 빨간 불꽃이 잠시 그녀의 창백한 얼굴을 비춘다.
안나의 집에서 그녀는 아이 때문에 담배를 피우고 싶지 않았
다. 지금 깊숙이 쓴 연기를 마신다.
도로는 평온하다.
오래 전에 근무 날이 지나고 어두운 방에서 정직한 가족들은
조용히 TV 앞에 앉는다.
에몰라는 마치 다시 에밀의 활기찬 어린 눈과 부드러운 들창
코를 보는 듯하고 안나의 집에서 느낀 신선한 우유 냄새를 고
통스럽게 기억한다.
5월 저녁은 밝고 별이 많지만 차 안에서 더위가 그녀를 숨 막
히게 한다.
에몰라는 신경질적으로 작은 창을 연다.
갑자기 부는 바람이 그녀의 따뜻한 붉은 얼굴을 어루만진다.

Ŝi ne rapidas reveni hejmen. La horo estas oka kaj duono. Antal laboras en sia kabineto kaj ankaŭ ĉi-nokte li restos tie ĝis mateno. Ankaŭ ĉi-nokte ŝi longe kuŝos sola en la lito. "Mi neniam havos infanon. Antal maljuniĝas. Lia scienca laboro estas la senco de lia vivo."

Emola ekdeziras tuj haltigi la aŭtomobilon kaj lasi ĝin ĉi tie, sur la strato. Antaŭ ŝi mirinde dancas la reklamaj lumoj de la alloga nokta urbo. I

"Neniam mi estis en danctrinkejo." - ekflustras ŝi, sed tuj nerve premas la gaspedalon

Ie, malantaŭ ŝi, sub la stela vualo de la maja nokto, restas la silenta domo de Anna.

그녀는 집으로 돌아오는 것을 서두르지 않는다.

시간은 8시 반이다.

안탈은 사무실에서 일하고 오늘 밤에 아침까지 거기 있을 것이다.

오늘 밤도 그녀는 침대에서 오래도록 혼자 누워있을 것이다.

'나는 결코 아이를 가질 수 없어.

안탈은 늙었어.

그의 과학적 업무가 삶의 의미야.'

에몰라는 자동차를 곧 세워 여기 도로 위에 놓고 싶지만, 그녀 앞에 매혹적인 밤 도시의 광고 불빛이 놀랍게 춤을 춘다.

'나는 결코 무도장에 간 적이 없어.'

그녀는 속삭였지만, 신경질적으로 가속페달을 밟았다.

그녀 뒤 어딘가에 5월 밤의 별 장막 아래 안나의 집이 조용하게 남아 있다.

7.

En la vasta gastĉambro estas malvarmete. Emola, ŝia edzo, Anna kaj Mladen sidas ĉe la malgranda tablo kaj Emil kuŝas sur la kanapo.

La novaj barokaj mebloj estas vere belegaj kaj jam preskaŭ duonhoron Emola rakontas kiel malfacile ŝi sukcesis aĉeti ilin, kiom da tagoj antaŭe ŝi devis iri en la vendejon kaj demandi kiam estos aĉeteblaj similaj barokaj mebloj. Finfine ŝi devis doni al unu el la vendistoj drinkmonon kaj li tuj telefonis al ŝi kiam oni liveris en la magazeno barokajn meblojn. Emola kontente alrigardas la masivan kaŝtankolorar ŝrankon. Ĝiaj bretoj ankoraŭ estas malplenaj, sed la ŝranko aspektas impona.

Anna kvazaŭ atente aŭskultas Emolan, sed Mladen bone sentas, ke Anna pli atente observas Emilon, kiu kuŝas sur la kanapo kaj trankvile ludas kun eta guma leporo. La profesoro, la edzo de Emola, ankaŭ silentas kaj eble por dekunua fojo jam aŭskultas la "historion" de la barokaj mebloj. Li estas alta viro kun saĝaj malhelaj okuloj. Anna tre estimas lin kaj ofte rakontas al Mladen pri li. Krom tio de tempo al tempo Mladen trafoliumis la librojn de la profesoro, kiuj okupas centran lokon en la hejma biblioteko de Anna.

7. 안나의 방문

 넓은 응접실은 시원하다.
에몰라, 그녀의 남편, 안나, 믈라덴은 작은 탁자에 앉고 에밀
은 긴 소파에 누워있다.
새 바로크식 가구는 정말 예쁘고 벌써 거의 30분간 에몰라는
얼마나 어렵게 그것을 사는 데 성공했는지,
전에 판매점에서 비슷한 바로크식 가구를 언제 살 수 있는지
물어보려고 얼마나 많이 가야 했는지 이야기한다.
마침내 그녀는 판매원 1명에게 음료숫값을 주어야 했고,
그는 백화점에 바로크식 가구를 언제 납품하는지
그녀에게 곧 전화했다.
에몰라는 만족하게 대형 밤색 옷장을 바라보았다.
그 선반은 아직 비었지만, 옷장은 거대하게 보인다.
안나는 마치 주의해서 에몰라의 말을 듣는 거 같지만
믈라덴은 안나가 긴 소파에 누워
작은 고무 토끼를 가지고 조용히 노는 에밀을
더 주의 깊게 살피는 것을 잘 느낀다.
에몰라의 남편, 교수 역시 조용하고 아마 11번이나 이 바로크
가구의 역사를 들은 것 같다.
그는 현명한 어두운 눈에 키가 큰 남자다.
안나는 그를 매우 존경해서 자주 그에 관해 믈라덴에게 이야
기했다.
게다가 때때로 믈라덴은 안나 집 서가의 중앙 장소를 차지한
교수의 책들을 넘겨보았다.

Sur la volumoj estas skribita la nomo Antal Weigler kaj Mladen opinias, ke la profesoro estas germandevena. En unu el la volumoj Mladen vidis la foton de la profesoro. De tiu foto rigardis lin ĉirkaŭ dudekkvinjara viro kun alta frunto kaj viglaj okuloj. Nun la profesoro jam estas kvindekjara kaj en li oni tre malfacile povas ekkoni la junan viron kun la viglaj okuloj kaj densa hararo.

Mladen deziras alparoli la profesoron, sed tio ne estas facila. Post la konatiĝo kaj kelkaj oficialaj frazoj, la profesoro eksilentis kaj nun enue rigardas al la fenestroj. Kelkajn minutojn, eble de afableco, li provis ludi kun Emil, sed poste iris al porti vinon, konjakon, glasojn kaj tute forgesis la infanon kiu kuŝas sur la kanapo.

Emola proponas montri al Anna la tutan loĝejon. Anna iomete sendezire ekstaras, malrapide ekiras post ŝi, sed antaŭ la pordo turnas sin kaj per rigardo petas Mladenon, ke li atentu pri la infano, ĉar Emil povas fali de la kanapo. En la gastĉambro restas Emil, Mladen kaj la profesoro. Por eviti la maloportunan silenton, la profesoro plenigas la glasojn per vino, ekridetas kaj levas sian glason.

– Je via sano... – sekundon aŭ du li hezitas kiel nomi Mladenon. – Je via sano, amiko. – kare li diras.

Tiu ĉi alparolo ekplaĉas al Mladen. Li rimarkas ke la profesoro havas karan varmetan rideton.

책 위에 **안탈 웨이글러** 이름이 쓰여 있어 믈라덴은 교수가 독일계라고 생각했다.

책 중 하나에서 믈라덴은 교수의 사진을 봤다.

그 사진에 따르면 높은 이마와 활기찬 눈을 가진 약 25살 남자가 그를 보고 있다.

지금 교수는 벌써 50살이고 그 안에서 활기찬 눈과 무성한 머릿결을 가진 젊은 남자를 알아보는 것은 몹시 어렵다.

믈라덴은 교수에게 말하고 싶지만, 그것은 쉽지 않다.

소개하고 공식적인 몇 마디 말한 뒤 교수는 조용하고 지금 지루한 듯 창을 바라본다.

몇 분간 아마 친절하게 에밀과 놀려고 했지만, 나중에 포도주, 코냑 잔을 가지러 가서 긴 소파에 누워있는 어린아이를 완전히 잊어버렸다.

에몰라는 안나에게 모든 집을 보여 주려고 제안했다.

안나는 조금 원하지 않지만 일어나서 그녀 뒤를 천천히 걷고 문 앞에서 몸을 돌려 눈빛으로 믈라덴에게 어린아이를 주의하라고 부탁했다.

에밀이 긴 소파에서 떨어질 수 있으니까.

응접실에는 에밀, 믈라덴, 교수가 남아 있다.

불편한 침묵을 피하려고 교수는 포도주로 잔을 채우고 살짝 웃으며 잔을 들었다.

"건강을 위하여" 일이 초간 그는 믈라덴을 어떻게 부를지 주저했다. "친구의 건강을 위하여" 그는 사랑스럽게 말한다. 이렇게 말 거는 것이 믈라덴의 마음에 들었다.

그는 교수가 사랑스러운 따뜻한 웃음을 가졌다고 알아차렸다.

Nun la profesoro por la unua fojo ekridetas kaj tio kuraĝigas Mladenon.

– Je via sano, sinjoro profesoro. – diras Mladen kaj ankaŭ levas sian glason. – Pri kia problemo vi laboras, sinjoro profesoro? – demandas afable Mladen, sed eble la profesoro ne tre bone aŭdis aŭ simple la demando ne ekplaĉis al li kaj li respondas eviteme:

– Jes, oni devas labori. Oni ĉiam devas labori.

Tiu ĉi propozicio eksonas kiel profesora maksimo. Mladen eksilentas konfuzite, sed la profesoro subite alparolas lin:

– Vi estas bulgaro, ĉu ne?

– Jes. – respondas Mladen lakone kaj tio signifas, ke ili denove eksilentos, sed la profesoro havas ankoraŭ similajn demandojn.

– Kian nacion havas la infano?

Tio jam estas pli interesa demando kaj Mladen detale klarigas, ke nun Emil havas la nacion de sia patrino, do Emil estas hungaro, sed kiam li iĝas plenaĝa, li sola povas elekti sian nacion: aŭ bulgaran aŭ hungaran.

Mladen parolas klare, penante esprimi siajn pensojn per korektaj bonstilaj frazoj, sed li sentas, ke la profesoro tute ne aŭskultas lin. Eble en tiu ĉi momento, pensante pri io alia, la profesoro sincere bedaŭras, ke li devas pasigi unu aŭ du horojn en sencela babilo.

Tiu ĉi supozo dolore pikas Mladenon.

지금 교수는 처음으로 웃었고 그것이 믈라덴에게 용기를 주었다. "교수님의 건강을 위하여"

믈라덴이 말하고 자신의 잔도 들었다.

"어떤 문제를 가지고 일하십니까? 교수님"

믈라덴이 상냥하게 물었지만 아마 교수가 그렇게 잘 듣지 못했거나 단지 질문이 마음에 들지 않았는지 피하듯 대답한다.

"예, 일해야지요. 항상 일해야 해요."

이 문구는 교수의 명제처럼 들렸다.

믈라덴은 당황해서 조용했지만, 교수가 갑자기 말을 걸었다.

"당신은 불가리아 사람이죠. 그렇죠?"

"예" 믈라덴은 간결하게 대답하고. 그것이 그들을 다시 조용하게 하자는 것을 의미한다.

하지만 교수는 여전히 비슷한 질문을 한다.

"자녀는 어느 나라 사람이죠?"

그것이 이미 흥미로운 질문이고,

믈라덴은 지금 에밀이 어머니의 나라 즉 헝가리 사람이지만 어른이 될 때 독자적으로 불가리아든 헝가리든 나라를 선택할 수 있다고 자세히 설명한다.

믈라덴은 자기 생각을 정확하고 좋은 문체의 문장으로 표현하려고 애쓰면서 분명하게 말하지만, 교수는 전혀 듣지 않는다고 느낀다.

아마 이 순간에 뭔가 다른 것을 생각하면서 그가 목적 없는 수다 속에서 한두 시간을 보내야만 한다는 것이 정말 유감스럽다.

이런 추측이 믈라덴을 고통스럽게 찔렀다.

Li kaŝe alrigardas la profesoron, kies malhelaj saĝaj okuloj estas lacaj, senbrilaj. Mladen subite komprenas kiom sensignifaj estas por tiu ĉi kvindekjara viro la barokaj mebloj, la elegantaj drinkaĵoj, la infano, kuŝanta sur la kanapo, kaj eĉ lia juna edzino.

Anna kaj Emola revenas en la gastĉambron kaj brue sidas ĉe la tablo. Anna enlogite rakontas pri Emil. Ŝi diras, ke Emil jam ĉion komprenas kaj eĉ, se iu demandas lin: "Emil, kie troviĝas la lampo?" li montras ĝin per fingro. Anna deziras demonstri tion kaj tenere demandas Emilon:

– Emil, kie estas la lampo?

Sed la nova ĉirkaŭaĵo embarasas la infanon. Li kutimis montri la simplan lampon kiu pendas de la plafono en ilia ĉambro kaj nature ne komprenas, ke la eleganta kristala lustro en la gastĉambro de Emola ankaŭ estas lampo. Nun Emil nenion montras, Emola ironie ekridetas, sed Anna daŭrigas rakonti kiel saĝa infano estas Emil.

Evidente la temo tute ne interesigas Emolan, ĉar ŝi petas pardonon kaj iras prepari kafon.

– Kie nun vi laboras? – demandas la profesoro Annan. Anna klarigas al li, ke provizore ŝi ne laboras, ĉar ŝi vartas la infanon, sed ŝi estas instruistino kaj tre ŝatas instrui.

그는 어둡고 현명한 교수의 눈이 지치고 빛이 없는 것을 숨어서 지켜보았다.

블라덴은 이 50살의 남자에게 바로크 가구, 우아한 술 마시기, 긴 의자에 누워있는 어린아이, 그리고 그의 젊은 아내조차 얼마나 무의미한지 갑자기 이해한다.

안나와 에몰라는 응접실에 돌아와서 소리 나게 탁자 옆에 앉았다.

매력에 빠진 안나는 에밀에 관해 말한다.

에밀이 벌써 모든 것을 알아들어 누가 '에밀, 전등이 어디 있니?' 하고 물어도 손가락으로 그것을 가리킨다고 말한다.

안나는 그것을 자랑하고 싶어 부드럽게 에밀에게 묻는다.

"에밀, 전등이 어디 있니?"

하지만 새로운 주변 여건이 어린아이를 당황스럽게 한다.

그는 보통 그들 방 천장에 걸려있는 단순한 전등을 가리킨다.

그래서 에몰라 응접실에 있는 우아한 수정 샹들리에 역시 전등인 것을 자연스럽게 알지 못한다.

지금 에밀은 아무것도 가리키지 않아 에몰라는 비꼬듯 웃지만, 안나는 에밀이 얼마나 현명한지 계속 이야기하려고 한다.

분명 주제가 에몰라에게 흥미롭지 않다.

그녀가 양해를 구하고 커피를 타러 갔기에.

"지금 어디서 근무해요?"

교수가 안나에게 묻는다.

안나는 지금 아이를 돌보느라

일시적으로 일을 하고 있지 않지만.

교사로 가르치는 것을 아주 좋아한다고 그에게 설명한다.

Anna estas certa, ke la profesoro tute ne rememoras pri ŝi, kiam ŝi studis kaj faris ekzamenojn ĉe li, sed la profesoro asertas, ke li bone rememoras Annan. Li eĉ mencias, ke Anna tre diligente studis, sed por Mladen estas tute klare, ke la profesoro trankvile povas diri tion por ĉiuj koleginoj de Emola.

Dum kiam la profesoro kaj Anna konversacias, Mladen silente rigardas la gastĉambron. Ĝi estas vasta, kun grandaj fenestroj. Meblita en baroka stilo, la ĉambro tre similas al la ĉambroj, kiujn Mladen ofte vidis sur la koloraj fotoj en diversaj reklamaj revuoj. Sur tiuj fotoj neniam mankis elegantaj fraŭlinoj, legantaj revuojn. Eble nun en la stilmeblita gastĉambro mankas nur Emola kaj ŝia brila rideto. Nur tion Mladen ne komprenas kial kontraŭ la baroka ŝranko pendas tro moderna bildo, pentrita en ne tre klara abstrakta stilo. Krom tio, ĝi forte kontrastas al la aliaj malhelaj pejzaĝoj en la ĉambro, kiuj stile pli konvenas ĉi tie.

Mladen provas imagi kiamaniere aspektis tiu ĉi granda ĉambro antaŭe. Eble en ĝi estis diversaj oldaj mebloj inter kiuj la profesoro sentis sin pli oportune kaj pli trankvile. Eble tie, sur la muro, kie nun pendas la moderna abstrakta pentraĵo, estis la portreto de la patrino aŭ de la patro de la profesoro, sed Emola dekroĉis tiujn malnovajn portretojn, ĉar nun ili ne estas modaj.

안나는 교수가 자기가 공부하고 교수 옆에서 시험을 치를 때 전혀 기억하지 못한다고 확신하지만, 교수는 안나를 잘 기억한다고 단언한다.

그는 안나가 아주 부지런히 공부한 것을 언급하기조차 한다. 하지만 교수가 에몰라의 모든 동료에게 그것을 편안하게 말할 수 있는 것이 믈라덴에게 완전히 분명해 보였다.

교수와 안나가 대화하는 동안 믈라덴은 조용히 응접실을 바라본다. 그것은 커다란 창을 가지고 넓다.

바로크식으로 꾸민 가구가 있는 방은 여러 광고 잡지에서 믈라덴이 자주 본 컬러사진이 있는 방과 매우 닮았다.

이 사진 위에는 잡지를 읽고 있는 우아한 아가씨가 절대 빠지지 않는다.

아마 지금 세련되게 가구가 놓인 응접실에는 오로지 에몰라와 그녀의 밝은 미소가 빠져있다.

믈라덴은 왜 바로크식 옷장 건너편에 너무 현대적이고 그렇게 분명한 추상화가 아닌 그림이 걸려있는지 이해하지 못한다.

게다가 그것은 방에 있는 다른 어둡고 스타일상 여기 더 잘 어울리는 풍경과 강하게 대조적이다.

믈라덴은 전에 이 커다란 방이 어떤 식으로 생겼는지 상상하려고 했다.

아마 여기에는 교수가 자신을 더 편하고 안정하게 여기는 다양한 옛 가구가 있었을 것이다.

아마 거기 벽에는 지금 현대적인 초상화가 걸려있지만, 교수의 어머니나 아버지의 초상화가 있었는데 에몰라는 그 옛 초상화를 떼어냈다.

지금 유행에 맞지 않았기에.

Emola alportas la kafon kaj kiam ŝi atente proksimigas la kafglason al Mladen, en ŝiaj absintokoloraj okuloj Mladen eksentas multsignifan flirteman rideton. Emola estas vestita en longa rozkolora ĉambrorobo kaj ŝiaj malhelaj ondaj hararoj libere falas sur la ovalaj ŝultroj. Nun ŝi aspektas pli alta kaj pli svelta. Ŝi atente etendas sian molan blankan manon, malfermas la arĝentan sukerujon kaj afable demandas Mladenon kun kiom da sukero li kutimas trinki la kafon. Ŝi proponas mem meti la sukerpecetojn en lian glason, sed Mladen delikate evitas ŝian helpemon.

Trinkante la kafon, kvazaŭ interalie Emola demandas Annan, ĉu estas hazarde vendata ĝardeno sur Lupa-monteto.

– Mi ankoraŭ ne kontrolis, sed mi nepre demandos kelkajn najbarojn. – respondas Anna.

Tiu ĉi temo neatendite vigligas la profesoron kaj li iome nerve reagas:

– Emi, kial necesas por vi ĝardeno?

– Antal, ne por mi, por vi necesas ĝardeno. Vi tiel malofte estas ekstere kaj estus bone se somere vi pasigos viajn tagojn en ĝardeno. Tie vi povus trankvile labori kaj ripozi.

– Kara Emi, ankaŭ ĉi tie mi trankvile laboras kaj ripozas. Nia domo estas vilao kaj ĝi situas sufiĉe diste de la urbo.

에몰라는 커피를 가져와 조심스럽게 커피잔을 믈라덴에게 가까이 가져갔다.

그녀의 쑥색 눈에서 다양한 의미가 있는 흔들리는 웃음을 믈라덴은 느꼈다.

에몰라는 긴 장미색 평상복을 입고 어두운 파도 같은 머릿결은 계란형 어깨 위에 떨어져 있다.

지금 그녀는 더 키가 크고 더 날씬하게 보인다.

그녀는 조심스럽게 자신의 부드러운 흰 손을 뻗어 은색 설탕통을 열고 믈라덴에게 커피 마시는 데 얼마큼의 설탕을 넣는지 친절하게 물었다.

그녀는 스스로 설탕 조각을 그의 잔에 넣으려고 했지만, 믈라덴은 사려 깊게 그녀의 도움을 피한다.

커피를 마시면서 특히 마치 에몰라가 안나에게 묻듯 늑대 언덕에서 팔리는 정원이 혹시 있는지 묻는 듯했다.

"난 아직 확인하지 못했지만, 꼭 몇 명 이웃에게 물어볼게."
안나가 대답한다.

이 주제는 예기치 않게 교수를 일깨워 조금 신경질적으로 반응한다.

"에미, 당신에게 왜 정원이 필요해요?"

"안탈, 내가 아니라 당신에게 정원이 필요해요.
당신은 그렇게 가끔 밖에 나오니 여름에 정원에서 하루를 보내면 좋을 거예요.
거기서 당신은 편하게 일하고 쉴 거예요."

"사랑하는 에미, 여기에서도 나는 편안하게 일하고 쉬어요.
우리 집은 빌라고 충분히 도시에서 멀리 떨어져 있잖아요.

Krom tio, se ni aĉetos ĝardenon iu devas regule okupiĝi pri ĝi kaj vi bonege komprenas, ke nek mi, nek vi havas tian eblon.

– Ne, Antal, por ni vere necesas ĝardeno. Mi bezonas trankvilan anguleton por ripozo. Nią domo estas belega kaj oportuna, sed ankaŭ vi komprenas, ke pasigi niajn tagojn nur ĉi tie jam estas iomete enue. Ripozante ni trovos tempon labori en la ĝardeno. – emfazas Emola kategorie.

– Jes, bone. Ni decidos poste. – ridete diras la profesoro por fini tiun ĉi ne tre konvenan konversacion.

– Emi, jam estas sesa horo kaj ni devas foriri, ĉar je la sepa kaj duono ni banos Emilon. – ekflustras Anna kaj ekstaras.

– Bone, Anna, mi volonte portus vin per la aŭto, sed bedaŭrinde mi ne pensis pri tio antaŭe kaj mi iomete drinkis. – ĝene diras Emola.

– Ne, tute ne pensu pri tio. La veturado per la aŭtobuso estas oportuna kaj nur post duonhoro ni estos hejme. – kaj Anna komencas vestigi Emilon.

Antaŭ ilia foriro la profesoro amike manpremas la manon de Mladen kaj patre diras:

– Karaj gejunuloj, ni atendas vin denove.

Sed post tiu ĉi gastado Mladen havas la stangan senton, ke Emola kaj Anna jam pli malofte renkontiĝos.

게다가 우리가 정원을 산다면 누군가 규칙적으로 관리해야만 해요.

나나 당신은 그런 가능성이 없음을 당신은 잘 알잖아요."

"아니에요. 안탈, 우리에게 정말로 정원이 필요해요.

나는 쉴 편안한 구석이 필요해요.

우리 집은 아주 예쁘고 편리해요.

하지만 당신은 오직 여기서만 하루를 보내는 것이 벌써 조금 지루하게 느껴요.

쉬면서 우리는 정원에서 일할 시간을 찾을 거예요."

에몰라가 단호하게 강조한다.

"예. 좋아요. 나중에 정해요." 그렇게 적당한 대화가 아닌 이것을 마치려고 웃으면서 교수가 말한다.

"에미, 벌써 6시야. 우리는 가야 해. 7시 반에 에밀을 씻어야 하니까." 안나가 속삭이며 일어선다.

"좋아. 안나. 기꺼이 내 차로 데려다줄게.

하지만 아쉽게도 전에 그것을 생각하지 않고 내가 조금 술을 마셨어." 난처한 듯 에몰라가 말한다.

"아니야, 그것에 관해 전혀 생각하지 마.

버스로 가는 것이 편해. 오직 30분 만에 집에 갈 거야."

그리고 안나는 에밀의 옷을 입힌다.

떠나기 전에 교수는 우정을 담아 플라덴의 손을 잡고 아버지처럼 말한다.

"사랑하는 젊은이들, 다시 보기를 기다립니다."

하지만 이 초대 뒤에 에몰라와 안나는 벌써 더욱 가끔 만나리라는 딱딱한 느낌을 플라덴은 가졌다.

Antaŭ la foriro Mladen rimarkas, ke la ĝardeno en la korto de la vilao estas tute neglektita. Eble delonge neniu eĉ unu floron plantis ĉi tie,

떠나기 전 믈라덴은 빌라 마당의 정원이 완전히 방치되고 있는 것을 알아차렸다.
아마 오래전에 그 누구도 여기에 꽃 한 송이도 심지 않은 듯했다.

8.

Ankoraŭ estas malvarmete kiam Mladen, Emil, Anna kaj ŝiaj gepatroj ekiras al la ĝardeno. Dimanĉe matene la vasta bulvardo ĉe Danubo silentas. La granda rivero fluas malrapide kaj dormeme. Blanka ŝipo proksimiĝas al la haveno, sed sur la ferdeko de la ŝipo estas neniu kaj aspektas tiel, ke la rivero sola gvidas la misteran ŝipon al la bordo.

La patro de Anna zorgmiene rigardas la malhelajn akvojn de Danubo, kiu jam de semajnoj pli kaj pli malmultiĝas. Ankaŭ hodiaŭ matene sur la profunda bluo de la ĉielo eĉ ne unu nubo estas videbla kaj tio signifas, ke baldaŭ ne pluvos. Oni delonge ne memoras similan senpluvecon kiu jam daŭras pli ol monaton kaj duonon kaj ĝuste en la mezo de majo kiam por la tero ege necesas pluvo.

La freŝa ĝardena aero karesas Mladenon. La persikaj kaj abrikotaj arboj ĉi tie, la densaj frambarbustoj, la floroj en la bedoj, ĉio en la ĝardeno memorigas Mladen pri liaj malproksimaj infanaj tagoj, pri la korto de lia gepatra domo, kie fiere etendis branĉojn alta juglanda arbo. Printempe kiam la malvarmeta ombro de la juglanda arbo kovris la duonon de la korto, la branĉkrono de tiu ĉi impona arbo aliformiĝis por Mladen en enigma kaj alloga mondo.

8. 아르파드 아저씨

믈라덴, 에밀, 안나, 안나의 부모가 정원에 갈 때는 아직 시원하다.
일요일 아침에 다뉴브강 옆의 넓은 산책로는 조용하다.
큰 강은 천천히 졸듯 흐른다.
하얀 배가 항구로 다가오지만, 배 갑판 위에는 아무도 없어 오로지 강이 해안으로 신비로운 배를 이끄는 것처럼 보인다.
안나 아버지는 걱정스럽게 다뉴브강의 어두운 물을 바라본다.
그것은 벌써 일주일 전부터 점점 더 줄어들고 있다.
오늘 아침에도 하늘의 깊고 파란 곳에는 구름 한 점 볼 수 없어 곧 비는 오지 않을 것을 의미한다.
벌써 한 달 반 이상 계속된 이 같은 가뭄을 오랫동안 기억하지 못한다.
땅이 비를 아주 필요로 하는 5월 중순에 시원한 정원의 공기가 믈라덴을 어루만진다.
여기 복숭아와 살구나무, 무성한 나무딸기, 화단의 꽃, 정원의 모든 것이 믈라덴에게 그의 먼 어린 시절을,
키 큰 호두나무가 가지를 자랑스럽게 뻗고 있는 부모님 집의 마당을 기억나게 한다.
봄에 호두나무의 차가운 그림자가 마당에 절반을 드리울 때 이 거대한 나무의 가지 관은 믈라덴에게 수수께끼 같고 매력적인 세계로 변형된다.

Li ofte ĉirkaŭbrakis la trunkon de la arbo, lerte grimpis ĝis la plej supraj branĉoj kaj tie, inter la molaj folioj, li pasigis multajn horojn. La juglanda arbo estis por li aviadilo, kiu flugas al Afriko, fortikaĵo, atakita de la indianoj aŭ grava observejo. De la branĉkrono li gvatis la tutan kvartalon, la najbarajn kortojn kaj domojn kiuj kuŝis silente sub la molaj ombroj de la fruktaj arboj. De tie, de la fortaj branĉoj, la profunda ĉielo aspektis por Mladen pli proksima ol la tero. Kaj kiam lia patrino deziris alvoki lin por tagmanĝo, ŝi "longe" serĉis lin en la korto, kvazaŭ ŝi ne vidis, ke li estas sur la arbo. Eble ŝi ne deziris rompi liajn infanajn iluziojn kaj ŝi neniam kriis al li: "Mladen, malsupreniĝu pli rapide de la arbo kaj venu tagmanĝi."

Lia kara patrino, kiel bone ŝi komprenis la infanan fantazion...

"Ĉu en tiu ĉi ĝardeno, sur Lupa-monteto, ankaŭ Emil havos ŝatatan arbon aŭ anguleton?" – nevole demandas sin Mladen – "Eble tiu ĉi ĝardeno estos por Emil la plej kara en la mondo, same kiel por mi la plej kara restis la ĝardeno de mia gepatra domo. Sed por Emil signifos nenion la korto kaj domo kie mi naskiĝis kaj Emil neniam aŭdos, ke tie, sur la branĉoj de maljuna juglanda arbo ŝatis ludi lia patro kiam li estis infano.

그는 자주 나무줄기를 껴안고 가장 높은 가지까지 능숙하게 기어 올라가 거기 부드러운 잎 사이에서 많은 시간을 보냈다. 호두나무는 그에게 아프리카로 날아가는 비행기이고, 인디언에 의해 공격받은 요새고, 중요한 전망대다.

가지 관에서 그는 모든 지역, 이웃집 마당, 과일나무의 부드러운 그림자 아래 조용히 누워있는 집들을 보았다.

거기 강한 가지에서 깊은 하늘이 땅보다 훨씬 가깝게 플라덴에게 보였다.

그래서 어머니가 플라덴에게 점심 먹으라고 부르고 싶을 때 마당에서 마치 나무에 있는 것을 보지 못한 것처럼 그를 오래 찾았다.

아마 그녀는 그의 어린 시절의 환상을 깨고 싶지 않아서 결코 그에게 소리치지 않았다.

"플라덴, 나무에서 빨리 내려와 점심 먹으러 와."

어린이의 환상을 얼마나 잘 이해하는 그의 사랑하는 어머니인가! 늑대 언덕 위 이 정원에서 에밀 역시 좋아하는 나무나 장소가 있을까?

의도치 않게 플라덴은 궁금했다.

아마 내게 가장 사랑스러운 곳이 부모님 집 마당에 남아 있는 것과 같이 이 정원이 에밀에게 세상에서 가장 사랑스러운 곳이다.

하지만 에밀에게 내가 태어난 마당과 집은 아무 의미가 없다. 그리고 에밀은 그의 아버지가 어릴 때 거기 늙은 호두나무의 가지 위해서 놀기를 좋아했음을 결코 들을 수 없다.

Mi elkreskis en silenta korto, sed Emil naskiĝis en granda urbo kaj eble por li tiu ĉi ĝardeno sur Lupa-monteto estos nur loko por dimanĉaj promenoj."

Nun sub la poma arbo Anna nutras Emilon.

Ankoraŭ ne estas la deka horo kaj Mladen decidas akvumi la florojn. Li alportas sitelon da akvo kaj ekstaras surprizita antaŭ la florbedo. Lia geranio ne estas ĉi tie. "Strange, al kiu necesis mia geranio" – ekridetas li "Jam tri jarojn ĝi kreskis ĉi tie kaj ĝis nun malhelpis neniun."

Mladen pli atente trarigardas la lokon kie kreskis la bulgara geranio. La grundo estas freŝe sterkita kaj ĉi tie antaŭnelonge iu plantis alian floron.

Mladen lasas la sitelon kaj proksimiĝas al Anna.

– Ĉu vi scias, ke la bulgara geranio jam ne estas tie, kie ni plantis ĝin? – demandas li ŝin.

– Jes. – respondas Anna. – Pasintan semajnon paĉjo translokigis ĝin, ĉar sur tiu ĉi loko li plantis belajn tulipojn, sed tiam mi forgesis diri al vi.

– Belaj tulipoj. – ekflustras Mladen. – Kaj kie nun troviĝas la kompatinda geranio?

– Mi pensas, ke ĝi estas en la alia florbedo, malantaŭ la dometo.

나는 조용한 마당에서 자랐지만, 에밀은 대도시에서 태어나 아마 그에게 늑대 언덕 위 이 정원은 일요일 산책을 위한 유일한 장소가 될 것이다.

지금 사과나무 아래서 안나는 에밀에게 젖을 먹이고 있다.

아직 10시는 아니고 믈라덴은 꽃에 물을 주려고 마음먹었다. 물 주전자를 가지고 와서 화단 앞에 섰는데 깜짝 놀랐다.

그의 제라늄이 여기 없다.

이상하다.

내 제라늄을 누가 필요로 하지?

그는 살짝 웃었다.

벌써 3년이나 여기서 자랐고 지금까지 그 누구도 방해하지 않았는데.

믈라덴은 불가리아 제라늄이 자란 장소를 더 찬찬히 살펴본다. 땅은 새롭게 갈아엎어져 있고 얼마 전에 누군가가 여기에 다른 것을 심었다.

믈라덴은 물 주전자를 두고 안나에게 가까이 갔다.

"우리가 심은 곳에 불가리아 제라늄이 없는데, 알아요?"

그가 그녀에게 물었다.

"알아요." 안나가 대꾸했다.

"지난주에 아빠가 그것을 다른 곳으로 옮겨 심었어요. 이 장소에 예쁜 튤립 꽃을 심으려고

하지만 그때 당신에게 말한다는 것을 깜빡 잊었어요."

"예쁜 튤립 꽃?" 믈라덴은 속삭였다.

"그럼 불쌍한 제라늄은 지금 어디에 있죠?"

"오두막 뒤 다른 화단에 있다고 생각해요."

Malantaŭ la somera dometo, proksime ĉe la alia florbedo kreskas juna pinarbo kaj nun sub ĝia ombro, inter kelkaj floroj, honteme klinas folietojn la bulgara geranio. Kaj Mladen nevole rememoras la nebulan aŭtunan tagon kiam en la ĝardeno li kaj Anna plantis la geranion. "Se la geranio ne forvelkos ĉi tie, ankaŭ mi alkutimiĝos al la vivo en Hungario." – rememoras nun Mladen tion, kion li diris al si mem antaŭ tri jaroj.

Dum tiuj ĉi tri jaroj la geranio ne forvelkis kaj tri printempojn ĝi floris trankvile, en tiu ĉi ĝardeno, sub la vasta hungara ĉielo. Sed nun...

Mladen ne povas kompreni ĉu por lia bopatro tiel grave estis translokigi la geranion. Eble antaŭ tri jaroj Mladen kaj Anna eraris. Ili ne demandis la patron de Anna kiel ili povus planti la geranion. Kaj per aliaj okuloj Mladen vidas nun la ĝardenon de sia bopatro. Ĉi tie, en rektaj vicoj, kreskas persikaj kaj abrikotaj arboj. Aparte estas la bedoj kun la floroj kaj la legomoj. Aparte kreskas la fragoj kaj framboj. Ĉio estas en preciza ordo. Sur la arboj kaj floroj mankas nur tabuletoj kun iliaj originalaj latinaj nomoj kiel en akademiaj botanikaj ĝardenoj. Kaj Mladen jam estas certa, ke Emil neniam ludos libere en tiu ĉi bela ĝardeno. Emil ĉiam devas atenti, ke lia pilko ne falu en la florbedoj aŭ ne rompu iun branĉon de frukta arbo. Oni neniam permesas al Emil grimpi sur la arboj aŭ kaŝi sin inter la densaj frambarbustoj.

여름 오두막 뒤 다른 화단 가까이에 어린 소나무가 자라고 지금 그 그늘 밑에서 몇 개 꽃 사이에 불가리아 제라늄이 부끄럽게 꽃잎을 숙이고 있다.

그리고 믈라덴은 뜻하지 않게 안나와 함께 정원에 제라늄을 심은 안개 낀 가을날을 다시 기억한다.

'제라늄이 여기서 시들지 않는다면 나 역시 헝가리에서의 삶에 익숙해질 것이야.'

믈라덴은 3년 전에 혼잣말했던 것을 지금 다시 기억한다.

이 3년 동안 제라늄은 시들지 않고 3번의 봄에 이 정원에서 조용히 꽃을 피웠다. 넓은 헝가리 하늘 아래.

그러나 지금 믈라덴은 제라늄을 다른 곳에 옮겨 심은 것을 이해할 수 없다.

장인에게 그렇게 중요한 일인지 아마 3년 전에 믈라덴과 안나가 잘못을 했을 것이다. 그들은 제라늄을 어디에 심을 수 있는지 안나 아버지께 묻지 않았다.

그리고 다른 눈으로 믈라덴은 장인의 정원을 지금 본다.

여기에 직선으로 복숭아와 살구나무가 자라고 있다.

한쪽에는 꽃과 채소가 있는 화단이 있다. 한쪽에는 양딸기와 나무딸기가 자라고 있다. 모든 것은 정확한 질서가 있다.

나무와 꽃 위에 대학 식물원처럼 원래 라틴어 이름을 가진 작은 푯말은 없다.

그리고 믈라덴은 에밀이 결코 이 예쁜 정원에서 자유롭게 놀 수 없으리라고 이미 확신한다. 에밀은 공이 화단에 떨어지지 않도록, 과일나무의 어느 가지를 망가뜨리지 않도록 항상 주의를 기울여야 한다. 에밀이 나무 위로 기어오르거나 무성한 나무딸기 수풀 사이에 숨는 것을 절대로 허락되지 않는다.

Malantaŭ la somera dometo, proksime ĉe la florbedo, estas kaduka barako por la ĝardenistaj iloj. Nun la patro de Anna serĉas ion en ĝi kaj Mladen enrigardas en la malhelan ejon. Multaj malnovaj vestoj jam de longaj jaroj estas ĉi tie. Sur la muroi, sur najloj, pendas malmodaj ĉapeloj, elfrotitaj manteloj, senkoloraj roboj. Ĉe ili estas kelkaj rustitaj petrolvazoj, traboritaj kaseroloj. Sur lignaj bretoj staras orde multnombraj skatoletoj, plenaj de rustitaj kurbaj, grandaj kaj etaj najloj, diversspecaj boltoj kaj ŝraŭboj. Dika polva tavolo kovras diversajn eluzitajn ĉarpentistajn kaj feraĵistajn ilojn. Kaj tiun ĉi tutan "trezoron" dum longaj jaroj la patro de Anna diligente kolektis kaj deponis precize ĉi tie. Ankaŭ nun pacience kaj koncentrite li serĉas ion. "Kio signifas por li mia bulgara geranio kaj kio interesas lin ĉu la geranio forvelkos aŭ ne" – pensas Mladen.

– Hej, Imre, ĉu vi estas ĉi tie, Imre? – aŭdiĝas vigla krio kaj inter la arboj, al la somera dometo, proksimiĝas energie oĉjo Arpad. Oĉjo Arpad estas malalta, sed forta viro kun larĝa vizaĝo kaj etaj okuloj. Ĉio en li estas kruda kaj senforma, kvazaŭ li estus elhakita el masiva kverko. Li havas ursajn manojn, platan nazon kaj densajn brovojn sub kiuj bonanime ridetas du bluaj okuletoj.

Ankaŭ oĉjo Arpad havas proksime ĝardenon.

여름 오두막 뒤 화단 옆에 정원 도구를 두는 허름한 막사가 있다.

지금 안나의 아버지는 거기서 뭔가를 찾고 믈라덴은 어두운 장소를 둘러본다.

많은 낡은 옷들이 벌써 오래전부터 여기에 있다.

벽에는 못 위에 유행이 지난 모자, 낡아빠진 외투, 색 바랜 웃옷이 걸려있다.

거기에 녹슨 석유통, 구멍 뚫린 냄비가 몇 개 있다.

나무 선반 위에는 녹슬고 구부러진 크고 작은 못, 여러 종류의 볼트와 나사가 가득한 수많은 작은 상자들이 있다.

여러 가지 다 써버린 목수와 철공소 일꾼의 도구가 두꺼운 먼지를 뒤집어쓰고 있다.

그리고 이런 모든 보물을 여러 해 동안 안나 아버지가 열심히 모아 여기에 정확하게 비치했다.

지금도 인내심을 가지고 집중해서 그는 무언가를 찾는다.

믈라덴은 생각한다.

'그에게 불가리가 제라늄이 무슨 의미가 있는가?

제라늄이 시들든 시들지 않든 무엇이 그를 흥미롭게 하나?'

"어이, **임레**! 여기 있는가? 임레!" 활기찬 목소리가 들렸다.

나무 사이, 여름 오두막으로 힘차게 **아르파드** 아저씨가 다가온다.

아르파드는 키가 작지만 커다란 얼굴에 작은 눈을 가진 힘센 남자다. 그에겐 모든 것이 거칠고 자유롭다. 마치 거대한 떡갈나무에서 잘린 것처럼. 그는 곰의 손, 평평한 코, 짙은 눈썹에 마음 착하게 두 개의 파란 작은 눈이 웃고 있다.

아르파드 아저씨 역시 가까이에 정원이 있다.

Antaŭe la patro de Anna kaj li laboris kune en la fabriko por aŭtobusoj. Nun ili estas pensiuloj kaj pasigas siajn tagojn en la ĝardenoj.

- Saluton, Arpad. - diras vigle la patro de Anna kaj la du amikoj sidas ĉe la tablo, sub la friska ombro de la poma arbo.

La patro de Anna malfermas botelon da brando kaj plenigas la glasetojn.

- Varmega estas tiu ĉi majo. Tiel ardan kaj sufokan majon mi ĝis nun ne memoras. - ekĝemas peze oĉjo Arpad. Li elprenas malrapide grandan poŝtukon kaj longe viŝas sian larĝan, ŝvitan frunton. Matene mi sukcesis akvumi nur la arbojn kaj nenian alian laboron mi povis fari en tiu ĉi varmo.

- Hodiaŭ estas dimanĉo kaj la plej bona laboro estas sidi sub la ombro kaj gustumi brandon ⁻ konsilas lin la patro de Anna.

- Kara amiko, vi bonege scias, ke la gustumo de brando estas mia longjara ŝatata okupo. ⁻ amike ekridetas al Mladen oĉjo Arpad. - Sed ne brandon, pluvon nun atendas nia soifa tero.

- Jes. Ni vane akvumas matene kaj vespere, sed necesas maja pluvo - ora pluvo - diras ankaŭ la patro de Anna kaj longe, zorgmiene rigardas la puran ĉielon.

전에 안나 아버지와 그는 버스 공장에서 같이 일했다.
지금 그들은 연금수급자고 정원에서 날들을 보낸다.
"안녕, 아르파드." 활기차게 안나의 아버지가 말했다.
두 친구는 사과나무의 서늘한 그늘 밑 탁자에 앉았다.
안나 아버지는 브랜디 병을 열고 작은 잔을 채운다.
"이번 여름은 너무 더워.
이렇게 뜨겁고 숨 막히게 하는 5월은
지금껏 기억나지 않아."
무겁게 아르파드 아저씨가 숨을 쉬었다.
그는 천천히 커다란 손수건을 꺼내 오래도록 넓고 땀에 젖은
이마의 땀을 씻었다.
"아침에 오직 나무에 겨우 물을 주었지만,
이 더위에 다른 어떤 일도 결코 할 수 없어."
"오늘은 일요일이고 가장 좋은 일은
그늘 아래 앉아 브랜디를 마시는 거야."
안나 아버지가 그에게 충고했다.
"친구야, 브랜디 마시는 것이 나의 가장 오래된 취미임을 잘
알잖아."
아르파드 아저씨가 믈라덴에게 우정을 가지고 살짝 웃었다.
"하지만 브랜디가 아니라, 비를 지금 우리 마른 땅은 기다
려."
"그래, 우리는 하릴없이 아침과 저녁에 물을 줘.
하지만 5월 비가, 황금비가 필요해."
안나 아버지 역시 말하고 오래도록 걱정스런 표정으로 맑은
하늘을 올려다본다.

- Tiu ĉi varmego ne nur ekstere, sed ĉi tie, interne bruligas min. - ekĝemas oĉjo Arpad kaj montras sian bruston. - Se tiu ĉi semajno ne pluvos, ankaŭ mi forvelkos kun mia ĝardeno. - diras li kaj liaj bluaj okuloj avare ekfulmas.

- Bone, ke hieraŭ mi sukcesis kolekti la ĉerizojn de mia ĉerizarbo. He, he, Imre, bonegan negocon mi faris. Hieraŭ matene mi kolektis la ĉerizojn kaj ĝis la vespero jam ne eĉ unu ĉerizo restis hejme. Ĉiujn mi sukcesis vendi kaj pli ol du mil forintojn mi gajnis. Tio ĉi estas vera negoco, sed ĉijare nenion mi gajnos de la persikoj.

- Ankoraŭ estas frue pensi pri la persikoj, Arpad. - kompetente rimarkas la patro de Anna.

- Nun, nun ni devas pensi pri la aŭtuna rikolto. - ekĝemas oĉjo Arpad kaj la avaraj flametoj pli forte ekbrilas en liaj okuletoj. - Mono, mono necesas por mi, Imre. Mia pli aĝa filo domon konstruas, la alia filo aŭtomobilon deziras. - Kaj oĉjo Arpad levas senespere sian platan ŝvitan frunton al la ĉielo.

"Mono, mono", tiu ĉi vorto per metala sono ekvibras en la oreloj de Mladen, sed Mladen ne kredas, ke al la kara oĉjo Arpad tiel ege necesas mono. La filoj de oĉjo Arpad, kiuj tre malofte venas en la ĝardenon, havas bonajn profesiojn kaj bone salajras. Ili sole, kaj sen la mono de oĉjo Arpad, povas facile konstrui siajn domojn kaj aĉeti aŭtomobilojn.

"이 무더위는 밖에만 아니라 여기에도 안에서도 우리를 뜨겁게 해."

아르파드 아저씨가 숨을 쉬었다. 그의 가슴을 내보였다.

"이번 주에 비가 오지 않으면 나도 내 정원과 같이 시들어 버릴 거야."

그가 말하고 그의 파란 눈이 욕심껏 빛이 반짝였다.

"좋아, 어제 나는 체리나무에서 체리를 따는 데 성공했어.
헤헤, 임레. 좋은 거래를 했지.
어제 아침에 체리를 땄어. 저녁까지 벌써 집에 체리가 한 개도 남지 않았어. 모두 파는 데 성공했어.
그래서 2천포린트 이상 벌었어. 이것이 참 장사지.
하지만 올해 복숭아에서는 아무것도 수확하지 못했어."

"복숭아는 아직 너무 일러. 아르파드." 안나의 아버지가 노련하게 알아차린다.

"지금 이제 우리는 가을 수확에 관해 생각해야만 해." 아르파드가 한숨을 내쉬었다.

그의 작은 눈에서는 욕심 어린 불꽃이 더 세게 빛났다.

"돈, 돈이 내겐 필요해. 임레, 내 큰아들이 집을 짓고 있어. 둘째는 휴대전화기를 원해." 그리고 아르파드 아저씨는 평평하고 땀에 젖은 이마를 절망감을 가지고 하늘 향해 들었다.

돈, 돈 이 단어가 차갑게 블라덴의 귀에 메아리친다.

하지만 블라덴은 상냥한 아르파드 아저씨에게 그렇게 절실히 돈이 필요하다고 믿지 않는다. 정원에 아주 가끔 오는 아르파드 아저씨의 아들들은 좋은 직업을 가지고 있으며 돈을 잘 번다. 그들은 혼자서 아르파드 아저씨의 돈 없이도 손쉽게 그의 집을 짓고 휴대전화기를 살 수 있다.

La filoj de oĉjo Arpad havas familiojn kaj jam delonge ili ne atendas helpon de sia patro. Sed "mono" estas la stimulo por oĉjo Arpad. La tutan vivon li laboris nur por mono. Li tutan vivon kolektis la monon kaj ĉiam ŝajnis al li, ke la mono neniam sufiĉis por lia familio. Ankaŭ nun de mateno ĝis vespero li laboras senlace en la ĝardeno por transformi en mono fruktojn kaj legomojn. Kaj por sia ĝardeno oĉjo Arpad eĉ pluvon povas alporti de la ĉielo.

– Ankaŭ vi, Imre, post semajno aŭ du multajn ĉerizojn kolektos kaj bone vi gajnos. – profiteme diras oĉjo Arpad, rigardante la pezajn branĉojn de la malalta ĉeriza arbo en la fino de la ĝardeno.

– Mi estas mava komercisto, Arpad. – diras la patro de Anna.

Kaj Mladen subite rememoras, ke antaŭ du jaroj estis belega aŭtuno kaj la persikaj arboj en ilia ĝardeno donis multajn fruktojn. Li kaj lia bopatro dum kelkaj tagoj kolektis la sukplenajn persikojn kaj per grandaj korboj alportis ilin hejmen. Tiam kelkaj najbaroj, kiuj vidis ilin, ekdeziris tuj aĉeti freŝajn fruktojn kaj alvenis en ilian domon. La patro de Anna afable renkontis la najbarojn, sperte vendis al ili la persikojn kaj la ricevitan monon li ŝovis rapide en la poŝon de sia pantalono.

Post tri tagoj ĉiuj korboj jam estis malplenaj.

아르파드 아저씨의 아들들은 가족이 있고 이미 오래전부터 그의 아버지의 도움을 기다리지 않는다.

하지만 돈은 아르파드 아저씨를 위한 자극이다.

평생을 돈을 위해 일했다.

평생 돈을 모았고 항상 그에게 가정을 위해 돈이 충분하지 않은 듯했다.

지금도 아침부터 저녁까지 부지런히 정원에서 일하며 과일과 채소를 돈으로 바꾼다.

정원을 위해 아르파드 아저씨는 비라도 하늘에서 가져올 수 있다.

"너도, 임레. 이번 주나 다음 주 지나 많은 체리를 수확해 돈을 잘 벌 거야."

정원 끝에 있는 낡은 체리 나무의 무거운 가지를 바라보면서 타산적으로 아르파드 아저씨가 말한다.

"나는 장사에 서툴러. 아르파드." 안나의 아버지가 말한다.

그리고 플라덴은 2년 전 아주 멋진 가을에 그의 정원에서 복숭아나무의 많은 열매를 딴 사실을 갑자기 기억한다.

그와 장인은 며칠 동안 즙이 풍성한 복숭아를 수확해 큰 바구니로 그것을 집에 옮겼다.

그때 그들을 본 이웃 몇 명이 신선한 과일을 바로 사고 싶다고 그들 집으로 왔다.

안나의 아버지는 친절하게 이웃을 만나고 능숙하게 복숭아를 그들에게 팔았다.

받은 돈을 그는 재빨리 바지 호주머니에 집어넣었다.

3일 뒤 모든 바구니가 다 비었다.

Kiam la patro de Anna vendis ankaŭ la lastan kilogramon da persikoj, li tre kontenta turnis sin dorse, elprenis la monon kaj komencis kalkuli la gajnon. Kaj dum kelkaj minutoj en liaj sekaj, ostecaj manoj diskante tintis la moneroj kaj li longe flustris ion malklare.

Sed por la patro de Anna la sukcesa komerco per la persikoj ne finiĝis nur kun bona gajno. Je la venonta tago, matene, alvenis en ilian hejmon unu el iliaj najbaroj kiu ankaŭ aĉetis persikojn de ili. Kaj tiu ĉi najbaro ankoraŭ de la pordo komencis krii kolere al la patro de Anna, ke la persikoj, kiujn li aĉetis, estis tro maturaj kaj kelkaj eĉ putraj. Li longe kriis, sed nek la patro de Anna, nek iu alia hejme komprenis kial tiel kolera estas ilia najbaro. Ja neniu devigis lin, ke li venu kaj aĉetu de ili persikojn.

Post tiu ĉi skandalo la patro de Anna decidis, ke neniam kaj nenion plu li vendos al siaj najbaroj.

Oĉjo Arpad levas la glaseton, je unu gluto ekdrinkas la brandon en ĝi, kontente ekbruas lipe kaj denove alrigardas la ĉerizan arbon, kies pezaj branĉoj obeeme kliniĝas al la seka tero.

– Eh, kiel svelta fianĉino estas tiu ĉi ĉerizarbeto. – ekflustras oĉjo Arpad, sed rapide turnas sian rigardon al la strato kie antaŭ la granda pordo haltas nigra aŭto, el kiu eliras alta belstatura viro kun sunokulvitroj.

안나의 아버지가 복숭아의 마지막 킬로그램(kg)을 팔 때 그는 아주 만족했다.

등 뒤로 몸을 돌려 돈을 꺼내 수입을 계산하기 시작했다.

몇 분간 마르고 뼈만 있는 손에서 동전이 노래처럼 딸랑거리는 소리를 내고 오래도록 뭔가 희미하게 속삭였다.

그러나 안나 아버지에게 복숭아의 성공적 거래는 좋은 수입으로 끝난 것이 아니다.

다음 날 아침 그의 집으로 그에게 복숭아를 산 이웃 중 한 명이 왔다.

그리고 이 이웃은 문에서부터 안나 아버지에게 산 복숭아가 너무 익어서 몇 개는 썩었다고 화내며 소리쳤다.

그는 오래도록 소리쳤다. 하지만 안나 아버지나 집에 있는 다른 사람은 이웃이 왜 그렇게 화가 났는지 이해하지 못했다.

그 누구도 그가 와서 복숭아를 그들에게 사라고 강요하진 않았다.

이런 사건 뒤 안나의 아버지는 결코 무엇도 이웃에게 팔지 않으리라고 결심했다.

아르파드 아저씨는 작은 잔을 들어 한 방울 브랜디를 마시고 만족해서 입술로 적시고 다시 무거운 가지가 마른 땅으로 순종하듯 고개 숙이고 있는 체리 나무를 바라본다.

'예, 이 작은 체리 나무는 얼마나 날씬한 약혼녀인가!' 아르파드 아저씨는 속삭였다.

그러나 재빨리 눈길을 거리로 돌렸다.

거기 큰 문 앞에 차가 서더니 선글라스를 낀 키 크고 멋진 남자가 그 안에서 내렸다.

La eleganta viro malrapide proksimiĝas al la somera dometo.

- Bonan tagon, sinjoroj. - salutas li la du maljunulojn, kiuj sidas ekstere ĉe la tablo.

- Saluton, Viktor. - preskaŭ en unu sama momento ekkrias ĝoje la patro de Anna kaj oĉjo Arpad. La patro de Anna tuj ekstaras kaj alportas seĝon por la gasto.

La gasto sidas ĉe la tablo, malstreĉigas iomete la banton de sia helblua kravato, depinĉas la plej supran butonon de la ĉemizo kaj deprenas la sunokulvitrojn. Li estas ĉirkaŭ kvindekjara, larĝsultra kun akra nazo, simila al agla beko kaj magra griza vizaĝo. Lia rekta hararo havas antracitan koloron, sed tie kaj tie jam videblas arĝentaj haretoj.

- Kio novas en la ĝardenoj, sinjoroj? - demandas li.

- Varmego estas en la ĝardenoj, Viktor. - familiece respondas oĉjo Arpad.

Viktor estas ĉefinĝeniero en la sama fabriko en kiu laboris la patro de Anna kaj oĉjo Arpad. Iliaj fruktaj ĝardenoj tial estas proksime unu ĉe alia, ĉar post la milito, la estraro de la fabriko disdonis tiujn ĉi ĝardenojn al la laboristoj.

La ĝardeno de Viktor situas apud la ĝardeno de la patro de Anna kaj forta drata reto apartigas la du najbarajn ĝardenojn.

잘 차려입은 남자는 천천히 여름 오두막으로
가까이 다가왔다.

"안녕하세요, 어르신들!"

그는 바깥 탁자에 앉아 있는 두 노인에게 인사했다.

"안녕, **빅토르.**"

거의 한 순간에 안나 아버지와 아르파드 아저씨가 소리쳤다.

안나 아버지는 즉시 일어나 손님에게 의자를 내놓았다.

손님은 탁자 옆에 앉고 밝은 파란 넥타이의 매듭을 조금 늦추더니 셔츠의 가장 위 단추를 풀고 선글라스를 벗었다.

그는 약 50살이고 넓은 어깨에 독수리 부리를 닮은 날카로운 코, 마른 회색빛 얼굴을 가졌다.

그의 직모는 무연탄 색이고
여기저기 벌써 흰 머릿결이 보인다.

"정원에 무슨 새로운 것이 있나요? 어르신들!"

그가 물었다.

"무더위가 정원에 있어. 빅토르."

아르파드 아저씨가 정답게 대답한다.

빅토르는 안나의 아버지와 아르파드 아저씨가 근무했던 같은 공장의 주요 기술자다.

그래서 그의 과일 정원은 서로 이웃에 있다.

전쟁 뒤 공장 책임자는 이 정원을
노동자에게 나누어 주었기에.

빅토르의 정원은 안나 아버지의 정원 옆에 있다.

강한 철사 망으로 두 이웃 정원은 경계가 되어 있다.

- Jes. Varmega estas tiu ĉi majo kaj hodiaŭ matene la radio anoncis, ke post la sesa horo vespere estas malpermesata la akvumado en la privataj ĝardenoj. – klarigas Viktor apatie.

-Kion? Oni malpermesas la akvumadon en la ĝardenoj? – subite ekkrias oĉjo Arpad, kvazaŭ abelo pikis lin. – Tio estas maljusta. Kion oni pensas? Ĉu mi lasu, ke miaj fruktarboj kaj legomoj forvelku? Mi gardas ilin kiel infanojn kaj nun kiam ili soifas ĉu mi sen akvo lasu ilin? Sufiĉas, ke en aprilo ĉiuj arboj frostiĝis kaj nek persikoj, nek abrikotoj estos en ĉi aŭtuno. Sed mi akvumos kaj ordonojn ne aŭskultos. – deklaras kolere oĉjo Arpad kaj batas per pugno la tablon.

- Iu deziras sunon, alia – pluvon. – ekridetas Viktor. – Tio estas la vivo, sinjoroj.

- Kaj kion vi deziras, Viktor, brandon aŭ vinon? – demandas ŝerce la patro de Anna kaj ekstaras por regali la gaston.

- Nenion, oĉjo Imre. Mi alvenis per aŭto kaj baldaŭ mi devas foriri.

- Atendu iomete. – petas lin la patro de Anna. – Tiel delonge vi ne estis ĉi tie.

- Jes. Pli ol du semajnojn. Mi estis ofice en Aŭstrio por subskribi kontrakton kun Viena firmao.

Li ekbruligas cigaredon, profunde enspiras la aroman fumon kaj alrigardas al sia ĝardeno.

"예, 이 오월은 무더워요. 그리고 오늘 아침에 라디오에서 저녁 6시 이후에는 개인 정원에 물 주는 것이 금지된다고 방송했어요." 빅토르가 태연하게 설명한다.

"뭐라고? 정원에 물 주는 것을 금지한다고?" 갑자기 아르파드 아저씨가 마치 벌에 쏘인 것처럼 소리쳤다.

"그건 부당해. 무슨 생각이야? 내 과일나무와 채소가 시들도록 가만두란 말이야?

나는 정원을 어린아이 돌보듯 지키고 지금 그것들이 물이 부족한데 물 없이 그것들을 그냥 두라고?

4월에 모든 나무가 얼어 죽은 것으로 충분하지만 이제 가을에 복숭아도 살구도 없겠네.

그러나 나는 물을 줄 것이고 명령을 듣지 않을 거야." 아르파드 아저씨가 화를 내며 단언했다.

그리고 탁자를 주먹으로 내리쳤다.

"누구는 해를 원하고 누구는 비를 원해요." 빅토르는 작게 웃기 시작했다.

"그것이 인생입니다. 어르신."

"무엇을 원하나? 빅토르. 브랜디나 포도주?" 안나 아버지가 농담으로 묻는다.

그리고 손님을 대접하려고 일어선다.

"아닙니다. 임레 아저씨. 저는 차로 와서 곧 떠나야 합니다." "조금 기다려." 안나의 아버지가 요청했다.

"너무 오랜만에 여기에 왔으니."

"예. 2주 이상이네요. 빈 회사와 계약을 체결하려고 오스트리아에 있는 사무실에 갔었어요." 그는 담배에 불을 붙이고 담배 연기를 깊이 들이마시고 정원을 바라보았다.

Tie, en la mezo, staras lia eleganta somera dometo. Ĝi estas duetaĝa, farita el hela ligno, kun vasta teraso, kie foje, foje somere Viktor ŝatas sidi sub granda blua ombrelo. Ankaŭ en lia ĝardeno estas malaltaj persikaj kaj abrikotaj arboj, legomoj, floroj kaj unu sola alta arbo — granda majesta juglanda arbo.

Viktor ne havas tempon kaj emon okupiĝi pri sia ĝardeno, sed lia edzino pli ofte estas ĉi tie, Ŝi plantas legomojn kaj florojn, kolektas la fruktojn kaj eĉ provas sola fosi la teron. Ŝi ofte demandas la patron de Anna kiel kaj kiam oni devas tranĉi la vitojn aŭ per kio oni devas sterki la tomatojn kaj fragojn.

La patro de Anna estimas Viktoron, patre amas Martan, la edzinon de Viktor, kaj ĉiam volonte kaj afable li klarigas kaj montras al ŝi kiel ŝi devas kultivi la ĝardenon. Pli ofte la patro de Anna mem tranĉas la vitojn en la ĝardeno de Viktor aŭ printempe sola dehakas la branĉetojn de la fruktaj arboj.

— Oĉjo Imre, antaŭ monato ni parolis pri io, sed verŝajne vi forgesis. — malrapide diras Viktor kaj liaj ŝtalaj okuloj esplore fiksas la patron de Anna.

Tiu ĉi glacia rigardo, karaktera por malfidaj estroj, iomete embarasas la patron de Anna kaj li nevole klinas la kapon, simile al infano kiu faris egan kulpon. Li vane kuntiras brovojn, sed ne povas rememori pri kio ili parolis kun Viktor antaŭ monato.

거기 가운데에 그의 우아한 여름 오두막이 있다.

그것은 2층짜리에 밝은 나무로 되어 있다.

테라스가 넓고 가끔 여름에 커다란 여름용 파라솔 아래 앉아 있기를 빅토르는 좋아한다.

그의 정원에도 낮은 복숭아나무, 살구나무, 채소, 꽃들, 그리고 유일하게 키가 큰 아름드리 장대한 호두나무가 하나 있다.

빅토르는 정원을 돌볼 시간이나 마음이 없지만, 그의 부인이 더 자주 여기 온다.

그녀는 채소, 꽃을 심고 과일을 따고 혼자 땅을 파기도 한다.

그녀는 자주 안나 아버지에게 어떻게 언제 포도나무를 잘라야 하는지 무엇으로 토마토와 양딸기에 비료를 줘야 하는지 질문한다.

안나의 아버지는 빅토르를 사랑하고 아버지처럼 빅토르의 아내 **마르타**를 예뻐하고 항상 기꺼이 친절하게 가르쳐 주고, 어떻게 정원을 경작해야 하는지 그녀에게 설명한다.

더욱 자주 안나 아버지가 빅토르 정원에 있는 포도나무를 자르거나 봄에 과일나무의 잔가지를 혼자서 제거한다.

"임레 아저씨, 한 달 전에 우리는 뭔가 이야기했는데 잊으신 것 같아요."

천천히 빅토르가 말하고 그의 강철 같은 눈은 호기심을 가지고 안나 아버지를 고정해서 보았다.

불신하는 사장의 특징인 이 얼음장 같은 눈빛이 안나 아버지를 조금 당황스럽게 했다.

그리고 그는 의도하지 않게 큰 잘못을 저지른 아이 같이 고개를 숙인다. 그는 하릴없이 눈썹을 찡그린다. 그러나 한 달 전에 빅토르가 무슨 말을 했는지 기억할 수 없다.

- Temas pri la migdala arbo. - fride diras Viktor. -
Hodiaŭ matene mia edzino rememorigis min pri ĝi. -
Kaj lia metala rigardo ankoraŭ foje trapikas la patron
de Anna. - A-a, pri la migdala arbo... - subite
rememoras la patro de Anna kaj kare ekridetas.

Tiu ĉi sincera rideto eble trankviligas Viktoron kaj lia
voĉo iĝas iomete pli afabla kaj amika.

- Tial mi diris, ke iuj deziras pluvon kaj aliaj - sunon.
Via migdala arbo estas ĉe la plektbarilo kaj ĵetas
ombron ĝuste sur nia bedo da legomoj. Antaŭ monato
vi promesis haki tiun ĉi arbon, sed eble vi forgesis aŭ
vi ne havis tempon por tio...

- Ne, Viktor, mi ne forgesis, sed mi sentis min
malbone. - tramurmuras la patro de Anna.

- Imre, kial necesas por vi tiu ĉi migdala arbo? Eĉ dek
kilogramojn da migdaloj vi ne povas kolekti de ĝi jare.
Kaj tiujn ĉi dek kilogramojn al neniu vi povas vendi. -
aldonas kompetente oĉjo Arpad.

La patro de Anna denove ekridetas, sed serioze
deklaras: - Hodiaŭ ni hakos la migdalan arbon. Mia
bofilo estas ĉi tie kaj post du horoj ĉio estos en ordo.

- Dankon, oĉjo Imre. Inter bonaj najbaroj problemoj ne
estas. - diras Viktor kaj malrapide staras de la seĝo. -
Sinjoroj, mi esperas, ke la venontan dimanĉon ni
renkontiĝos en mia ĝardeno. Oni donacis al mi belegan
skotan viskion kaj ni devas gustumi ĝin.

"편도 복숭아에 관한 것인데요." 차갑게 빅토르가 말한다.
"오늘 아침에 제 아내가 그 점을 상기시켰거든요."
그리고 그의 차가운 눈빛이 여전히 안나 아버지를 찔렀다.
"아, 편도 복숭아에 대해."
갑자기 기억하고 안나 아버지는 사랑스럽게 웃었다.
이런 진실한 웃음이 아마 빅토르를 안정시켜 그의 목소리는
조금 더 친절하고 다정해졌다.
"그래서 제가 말했지요. 누구는 비를 원하고 누구는 해를. 편
도복숭아가 울타리 옆에 있어 채소 화단에 정면으로 그늘을
던져요. 한 달 전에 이 나무를 자르신다고 약속하셨는데 아마
잊으신 거나 그것을 할 시간이 없으셨네요."
'아니, 빅토르, 잊지 않았어. 기분 나쁘게 느꼈지.' 안나 아
버지가 중얼거렸다.
"임레, 편도 복숭아가 자네에게 왜 필요해?
올해 거기서 10kg 편도 복숭아를 딸 수 없었어.
그리고 그 10kg 편도 복숭아를 누구에게도 팔 수 없었잖아."
아르파드 아저씨가 잘난 척 덧붙였다.
안나 아버지는 다시 얼굴이 붉어졌지만 진지하게 설명한다.
"오늘 편도 복숭아나무를 자를 거야. 내 사위가 여기 있고 2
시간 지나면 모든 것이 다 될 거야."
"감사합니다. 임레 아저씨. 좋은 이웃 사이에 문제는 없습니
다." 빅토르가 말하고 천천히 의자에서 일어섰다.
"어르신들, 다음 주 일요일에 제 정원에서 만나기를 바랍니
다. 누가 제게 스코틀랜드 위스키를 선물해서 맛을 보여 드려
야 하거든요."

Kiam oĉjo Arpad aŭ la patro de Anna helpas ion al Viktor en lia ĝardeno, Viktor foje, foje regalas ilin per elegantaj drinkaĵoj. La fridujo en lia vilao estas ĉiam plena da raraj vinoj, konjakoj, viskioj. Nun oĉjo Arpad kaj la patro de Anna silente ekridetas kaj rapide alrigardas unu la alian; se Viktor invitas ilin por gustumo de konjako aŭ viskio tio signifas, ke Viktor petos ilin pri ia helpo en sia ĝardeno.

Viktor proksimiĝas al Anna, apenaŭ tuŝas per fingro la nazeton de Emil kaj formale demandas ŝin: "Kiel fartas tiu ĉi ĉarma knabeto?" Poste li manpremas la manojn de Anna, de ŝia patrino, de Mladen kaj iomete poze diras al ĉiuj: "Ĝis revid'." De lia rigida manpremo norda frido alblovas al Mladen.

- Kiel vi fartas, junulo? ― seke demandas Viktor. - Ĉu vi jam alkutimiĝis al la vivo en Hungario? Ĉu vi havas problemojn en la laborejo?

- Dankon. Mi fartas bone kaj mi ne havas problemojn en la laborejo. - lakone respondas Mladen.

- Ho, vi jam perfekte parolas hungare. Se vi havos tempon bonvolu veni en mian ĝardenon. Mi ŝatas la junulojn, ili estas interesaj kunparolantoj.

Viktor ankoraŭfoje diras sian pozan "ĝis revid'" ekiras al la aŭto, sed rememoras ion kaj subite turnas sin. - Oĉjo Imre, mi forgesis.

아르파드 아저씨나 안나 아버지가 빅토르 정원 일을 무엇인가 도와줄 때 빅토르는 번번이 멋진 음료수로 그들에게 대접한다.

그의 빌라 냉장고에는 늘 귀한 포도주, 코냑, 위스키로 가득 찼다. 지금 아르파드 아저씨와 안나 아버지는 재빨리 서로를 쳐다본다.

빅토르가 그들에게 코냑이나 위스키를 맛보자고 초대한다면 그것은 빅토르가 그들에게 정원에서 무언가 도움을 청하리라는 것을 의미한다.

빅토르는 안나에게 가까이 가서 손가락으로 에밀의 코를 거의 만지며 그녀에게 형식적으로 물었다.

"이 멋진 남자아이는 잘 지내지요?"

나중에 그는 안나, 안나의 엄마, 믈라덴의 손에 악수하고 조금 무게를 잡고 모두에게 '안녕히 계세요' 말한다.

굳은 악수로 북쪽 한기가 믈라덴에게 날아왔다.

"젊은이는 잘 지내나요?" 건조하게 빅토르가 물었다.

"헝가리에서 삶에 벌써 익숙해졌나요?

직장에서 문제가 있나요?"

"감사합니다. 잘 지내고 있으며 직장에서 문제는 없습니다." 간단하게 믈라덴이 대답했다.

"아이고, 벌써 헝가리어를 능숙하게 말하네.

시간이 있다면 내 정원으로 와요. 나는 젊은이를 좋아해요. 그들은 재밌는 대화 상대니까."

빅토르는 여러 번 무게를 잡은 안녕 인사를 말하고 천천히 차로 갔지만, 무언가를 기억하고 갑자기 몸을 돌렸다.

"임레 아저씨, 잊었어요

Bonvolu morgaŭ matene akvumi ankaŭ mian ĝardenon, ĉar venontan semajnon Marta ne havos eblon veni ĉi tien.

– Ĉio estos en ordo, Viktor. – obeeme deklaras la patro de Anna kaj liaj senkoloraj okuloj serveme ekbrilas.

Viktor malrapide, kvazaŭ sendezire proksimiĝas al sia aŭto kaj antaŭ ol eniri en ĝin, amike svingas manon al ĉiuj. Tiu ĉi poza saluto revivigas en Mladen jam delonge forgesitan rememoron de la pasinta somero. Estis dimanĉo kaj nur Anna kaj Mladen estis en la ĝardeno. La tutan tagon brilis arda suno, sed kiam ili ekiris al la aŭtobushaltejo, pezaj nuboj kovris la ĉielon. Ekpluvis subite. Anna kaj Mladen estis vestitaj somere, ne havis ombrelojn, sed ili ne povis jam reveni en la ĝardenon. En tiu ĉi momento preterpasis Viktor per sia aŭto. Li afable salutis ilin per mano. Viktor estis sola en la aŭto, sed eble tre rapidis kaj tial ne rimarkis, ke Anna kaj Mladen ne havas ombrelojn kaj malrapide iras sub la pluvego, ĉar Anna estis graveda.

내일 아침에 제 정원에도 물을 주세요.

다음 주에 마르타가 여기 올 시간이 없으니까요."

"모든 것이 잘 될 거야. 빅토르."

순종적으로 안나 아버지가 단언했다.

색깔 있는 눈동자는 상냥하게 빛이 났다.

빅토르는 천천히 마치 원치 않듯 차로 가까이 가서 그 안에 타기 전에 우정으로 모두에게 손을 흔들었다.

이 무게를 잡은 인사가 믈라덴에게 이미 오래전에 잊어버린 지난여름의 기억을 되살아나게 했다.

일요일에 오직 안나와 믈라덴만 정원에 있었다.

온종일 뜨거운 해가 비치고 그들이 버스정류장에 갈 때 무거운 구름이 하늘을 덮었다.

갑자기 비가 내리기 시작했다.

안나와 믈라덴은 여름 복장에 우산도 없었다.

이미 정원으로 돌아갈 수도 없었다.

이 순간 빅토르가 자기 차로 지나갔다.

그는 친절하게 그들에게 손으로 인사했다.

빅토르는 차에 혼자 있었지만, 아마 아주 급해서 안나와 믈라덴이 우산이 없는 것을 알아차리지 못했다.

그리고 천천히 큰 비를 맞으며 걸었다. 안나가 임신 중이니까.

9.

La suno ardas senkompate. La larĝa vizaĝa de oĉjo Arpad similas al kupra platbakujo, ŝmirita abunde per oleo. Li havas humoron nek paroli, nek viŝi sian frunton per la poŝtuko. Sur lia globforma nazo kaj plata frunto la ŝvitaj gutoj iom post iom grandiĝas kaj en strietoj ekfluas sur liaj ruĝaj varmaj vangoj. Li lekas per lango siajn sekajn lipojn kaj sencele rigardas la straton kaj najbarajn ĝardenojn.

– Imre, ankaŭ mi jam devas foriri. Géza, mia pli juna filo, venos hodiaŭ en la ĝardenon kun sia edzino kaj infanoj. Aŭ eble ili jam estas tie kaj atendas nur min por la tagmanĝo. Ĝis revido. Morgaŭ ni denove renkontiĝos ĉi tie. – ekĝemas peze oĉjo Arpad.

Post lia foriro la patrino de Anna tuj alportas ta blankan tolkovrilon kaj kovras la tablon. Anna helpas al ŝi alporti la telerojn, kulerojn, glasojn. La patro de Anna malfermas la akvokranon kaj metas sub la akvofluon du botelojn da biero.

Estas varmege kaj ili pigre, malrapide maĉas la viandpecetojn. Varma estas ankaŭ la biero kaj ĝi ne povas estingi ilian ardan soifon. Post la fino de la tagmanĝo ili senmove, senparole restas ĉe la tablo. Profunda silento vualas la tutan ĝardenon. Moviĝas nek branĉo, nek folio.

9. 게자의 도움

해는 사정없이 뜨겁다.

아르파드 아저씨의 넓은 얼굴은 기름이 철철 넘치는 평평한 구릿빛 빵 굽는 기계 같다.

그는 지금 말할 기분도, 손수건으로 이마를 닦을 기분도 아니다. 그의 전구 모양 코와 평평한 이마 위로 땀방울이 조금씩 커지더니 그의 빨갛고 따뜻한 뺨 위로 줄지어 흘러내린다.

그는 마른 입술을 혀로 핥고 목적 없이 도로와 이웃 정원을 바라본다. "임레, 나도 벌써 가야만 해.

내 둘째 아들 **게자**가 오늘 처랑 아이들 데리고 우리 정원에 올 거야.

아마 벌써 거기 와서 점심 먹으러 오직 나를 기다리고 있을 거야. 잘 있어.

내일 다시 여기서 봐."

무겁게 아르파드 아저씨가 숨을 쉬었다.

그가 떠난 뒤 안나 어머니는 곧 하얀 식탁보를 가져와 탁자를 덮었다.

안나가 그녀를 도와 접시, 수저, 잔을 나른다.

안나 아버지는 수도꼭지를 틀어 흐르는 물 아래 맥주병을 두었다.

너무 더워서 그들은 느리게 천천히 고기 조각을 씹는다.

맥주도 따뜻하다. 그래서 그들의 타는 갈증을 없앨 수 없다.

점심을 먹은 뒤 그들은 가만히 말없이 탁자에 앉아 있다.

깊은 침묵이 모든 정원에 가득하다.

나뭇가지나 꽃도 움직이지 않는다.

Nur la akvo monotone kaj malgaje susuras.

La patro de Anna leviĝas, iras malantaŭ la someran dometon kaj post nelonge revenas kun peza hakilo. Li demande alrigardas Mladenon, sed Mladen senmova restas ĉe la tablo.

– Mladen, ĉu vi helpos al paĉjo forhaki la migdalan arbon? – demandas Anna.

– Ne. – seke respondas Mladen. Anna kaj ŝiaj gepatroj mire alrigardas lin.

– Kial? – surpriziĝas Anna. – Paĉjo ne povas forhaki ĝin sola.

– Ĉu ni devas forhaki la migdalan arbon nur tial, ĉar sub ĝia ombro ne povas maturiĝi kelkaj tomatoj? – akcentite ekparolas Mladen, kaj provas resti trankvila.

– Mladen, ni ne kutimas koleriĝi kun niaj najbaroj kaj unu arbo ne devas fariĝi pomo de malkonkordo. – elspiras Anna.

– Ni havas ankoraŭ unu migdalan arbon. Tie, ĉe la strato. – aldonas la patro de Anna kaj montras per mano la alian migdalan arbon.

– Ankaŭ mi scias, ke ni havas ankoraŭ unu migdalan arbon. – diras Mladen. – Ĝi estas ĉe la strato kaj somere sub ĝia ombro Viktor kutimas lasi sian aŭton, sed por mi ne estas tre klare kial Viktor ne petis nin, ke ni forhaku la migdalan arbon kiu kreskas ĉe la strato.

오로지 물만 단조롭게 슬프게 소리 없이 흐른다.

안나 아버지는 일어나서 여름 오두막 뒤로 가서 얼마 있다 무거운 도끼를 들고 돌아왔다.

그는 문듯이 믈라덴을 쳐다보지만 믈라덴은 가만히 탁자 앞에 계속 있다.

"믈라덴, 아빠가 편도 복숭아나무 자르는 것을 도와줄 거죠?" 안나가 물었다.

"아니" 믈라덴이 거칠게 대답한다.

안나와 그의 부모는 놀라서 그를 바라본다.

"왜?" 안나는 놀랐다.

"아빠는 혼자 그것을 자를 수 없어."

"그늘에서 토마토 몇 개가 잘 익지 않는다는 그것 때문에 편도 복숭아나무를 단지 잘라야만 해?" 강조하며 믈라덴은 말을 꺼내고 조용히 그대로 있으려고 한다.

"믈라덴, 우리는 이웃과 화내는데 익숙하지 말고 나무 한 개가 다툼의 사과가 되어서는 안 돼요" 안나가 숨을 내쉬었다.

"우리는 여전히 편도 복숭아나무가 있어.
저기 도로 옆에."

안나 아버지가 덧붙이고 손으로 다른 편도 복숭아나무를 가리킨다.

"우리가 다른 편도 복숭아나무를 가지고 있는 것도 알아요" 믈라덴이 말한다.

"그것은 도로 옆에 있고 여름에 그 그늘에 빅토르는 그의 차를 세우는 습관이 있죠 하지만 내게 빅토르가 도로 옆에서 자라고 있는 편도 복숭아나무를 자르라고 우리에게 요구하지 않은 것이 아주 분명하지 않아요"

- Mladen, pli bone diru sincere, ke en tiu ĉi varmo vi ne havas humoron forhaki la arbon. - aldonas Anna provoke, staras rapide kaj iras al la somera dometo.

Kelkajn minutojn Mladen senmove rigardas post ŝi. Ĉu Anna vere ne komprenis lin? Pasintan aŭtunon Mladen kaj Anna kune kolektis la migdalojn de tiu ĉi arbo. Estis malvarma novembra dimanĉo. La antaŭan nokton pluvis, blovis forta vento kaj multaj migdaloj kovris la teron. Malgraŭ ke Anna estis en la lastaj tagoj de la gravedo ankaŭ ŝi deziris helpi en la kolekto de la migdaloj kaj kelkfoje ŝi kliniĝis al la tero. Venontan matenon Anna naskis Emilon,

Nun, malantaŭ la somera dometo, la migdala arbo etendas alte siajn branĉojn, sed venontan printempon ĝi jam ne floros kaj neniam plu donos migdalojn. Ĉu Anna ne komprenas tion? Eble por ŝia patro la migdala arbo ne havas valoron. Ĝi donas jare nur kelkajn kilogramojn da migdaloj kaj oni al neniu povas vendi ilin.

"Cu nur pro profito la homoj plantas aŭ hakas la arbojn?" - demandis sin mem Mladen, rigardante la fortajn branĉojn de la migdala arbo.

La patro de Anna ankoraŭ iom da tempo staris ĉe la tablo, mire rigardis Mladenon kaj eble tute ne povis kompreni kial nun lia bofilo ne deziras helpi al li.

"믈라덴, 이 더위에 나무를 자를 기분이 아니라고 솔직히 말하는 것이 좋아요." 안나가 주장하듯 덧붙이고 서둘러 일어서 여름 오두막으로 간다.

몇 분간 움직이지 않고 믈라덴은 그녀 뒤를 바라본다.

안나가 정말 그를 이해하지 못하나?

지난가을 믈라덴과 안나는 함께 이 나무의 편도 복숭아를 모았다.

추운 11월의 일요일이었다. 전날 밤, 비가 내렸고 강한 바람이 불고 많은 복숭아가 땅을 덮었다.

안나가 임신 마지막 날이었음에도 편도 복숭아 수확을 돕고 싶어서 여러 번 땅으로 고개를 숙였다.

다음 날 아침 안나는 에밀을 낳았다.

지금 여름 오두막 뒤에 그 가지를 높이 뻗었지만 오는 봄에는 이미 꽃을 피우지 않고 결코 편도 복숭아를 더 내지 못할 것이다.

안나가 그것을 이해하지 못하나?

아마 그녀 아버지에게는 편도 복숭아나무가 가치가 없을지도 모른다.

그것은 매년 몇 kg의 편도 복숭아를 내고 누구에게도 그것을 팔 수 없다.

오직 이익 때문에 사람들은 나무를 심거나 자르나?

믈라덴은 편도 복숭아나무 가지를 바라보면서 궁금했다.

안나 아버지는 여전히 탁자 옆에 서서 조금 놀라서 믈라덴을 바라보았다.

왜 지금 사위가 그를 돕고 싶어 하지 않은지 아마 전혀 이해할 수 없었다.

Ja, ĝis nun Mladen volonte kaj ĝoje helpis al li en la ĝardena laboro.

La patro de Anna apogas la hakilon al la trunko de la proksima arbo kaj silente foriras ien. Li revenas post duonhoro kun Géza, la filo de oĉjo Arpad,

Géza de tempo al tempo venas en la ĝardenon de sia patro. Li estas simpatia junulo kaj liaj nigraj okuletoj similas al du moviĝemaj kaj ardantaj karboj.

- Saluton, Mladen. ‐ gaje kaj amike diras Géza. - Saluton. - iome fride respondas Mladen, ĉar li komprenas la kialon de lia alveno.

Verŝajne Géza rapidas. Li tuj rimarkas kaj prenas la hakilon, kiu estas apogita al la trunko de la poma arbo. - Granda estas la migdala arbo. - diras Géza kompetente, - Malfacila estos la hakado, sed, tial ni estas najbaroj por ke ni helpu unu al alia.

"Helpu unu al alia." ‐ nevole ripetas Mladen en si mem. Kio estas helpo? Ĉu helpi al sia najbaro planti fruktan arbon aŭ helpi al li forhaki fruktan arbon? Kaj interese kion opinias Géza? Al kiu najbaro li nun helpas? Géza estas certa, ke li helpas al la patro de Anna kaj eĉ ne supozas, ke li helpas al Viktor. Ofte tre absurdaj estas la najbaraj rilatoj aŭ pli ĝuste absurde ni komprenas la najbarajn rilatojn."

지금껏 믈라덴은 기꺼이 기쁘게 정원 일에서 그들 도왔다.

안나 아버지는 근처 나무줄기에 도끼를 기대고 조용하게 어디로 갔다.

그는 30분 뒤 아르파드 아저씨의 아들 게자와 돌아온다.

게자는 때로 자기 아버지 정원에 온다.

그는 착한 젊은이로 그의 작은 검은 눈은 두 개의 움직이기 좋아하고 불에 타는 석탄 같다.

"안녕하세요, 믈라덴." 즐겁게 다정하게 게자가 말한다.

"안녕하세요." 조금 딱딱하게 믈라덴이 대꾸한다.

그가 온 이유를 이해했기에.

정말 게자는 서두른다.

그는 금세 알아차리고 사과나무 줄기에 기대어있는 도끼를 들었다.

"편도 복숭아나무가 크네요." 게자는 전문가처럼 말한다.

"도끼질이 힘들겠네.

그러나 그래서 우리는 서로 도와야 할 이웃이죠"

'서로 도와야!' 의도하지 않게 혼자 되풀이했다.

무엇이 도움인가? 이웃이 과일나무를 심도록 돕는가?

과일나무를 자르도록 돕는가?

게자가 무슨 생각이 있는지 재밌다.

어느 이웃을 지금 돕고 있는가?

게자는 안나 아버지를 돕는다고 확신하지만, 빅토르를 돕는다고 짐작조차 못 한다.

자주 이웃 관계는 더 정확하게 아주 불합리하거나 이웃 관계를 불합리하게 이해한다.

Sed Géza tutkore kaj sincere deziras helpi al la kara oĉjo Imre, ne nur tial, ke oĉjo Imre estas la plej bona amiko de lia patro aŭ tial ke ili estas najbaroj, sed simple, ĉar oĉjo Imre petas lin por helpo kaj Géza eĉ ne demandas sin kial li devas forhaki tiun ĉi fortan kaj vivantan arbon.

Géza iras malantaŭ la someran dometon, staras sub la migdala arbo kaj atente trarigardas ĝin. La arbo estas pli ol kvin metrojn alta kun rekta, sed ne tre dika trunko kiŭ disbranĉiĝas de du centraj branĉoj.

– Oĉjo Imre, – diras Géza. – laŭ mi sufiĉos se ni forhakos nur tiujn ĉi du grandajn branĉojn, ĉar pli malfacile estos forhaki la trunkon de la arbo.

– Vi pravas, Géza. – konsentas la patro de Anna kaj alportas la ĝardenistan ŝtuparon.

Géza ankoraŭ sekundon aŭ du observas la migdalan arbon, atente alĝustigas la ŝtuparon, supreniras sur ĝi, malrapide levas la hakilon kaj per certa forta movo enbatas ĝian akran ŝtalan klingon en unu de la branĉoj. La unua frapo, akra kaj subita, silentiĝas malrapide kiel peza ĝemsopiro,

La okuloj de la patro de Anna restas senmovaj kaj tra ili ankaŭ nun estas malfacile por Mladen penetri en liajn pensojn.

그러나 게자는 임레 아저씨가 아버지의 가장 좋은 친구이거나 그들이 이웃이니까 뿐만 아니라 사랑하는 임레 아저씨를 진심으로 진지하게 돕고 싶다.

간단히 임레 아저씨가 그에게 도움을 청하니까

게자는 왜 그가 이 강하고 살아 있는 나무를 잘라야 하는지 궁금하지도 않다.

게자는 여름 오두막 뒤로 가서 편도 복숭아나무 아래 서더니 자세히 그것을 살펴본다.

나무는 높이가 5미터 이상이고 두 개의 중심 가지로 나누어진 줄기는 그렇게 두껍지 않다.

"임레 아저씨" 게자가 말한다.

"제 생각엔 이 두 개의 큰 가지를 도끼로 자르면 충분해요. 나무줄기를 자르는 것이 더 힘드니까요."

"네가 맞아. 게자." 안나 아버지가 동의하고 정원의 사다리를 가져온다.

게자는 여전히 일이 초 동안 편도 복숭아나무를 살피고 조심스럽게 사다리를 조정하고 그 위에 올라가서 천천히 도끼를 들고 확실히 강한 움직임으로 그 날카로운 금속 칼날을 가지 하나에 내리쳤다.

날카롭고 급하게 첫 번째 때리니 무거운 숨 쉬는 소리처럼 천천히 조용해졌다.

안나 아버지의 눈동자는 움직이지 않고 가만히 있다.

그 눈동자를 보면서 믈라덴은 그의 생각을 꿰뚫어 보기가 어렵다.

Eble por lia bopatro estas pli simple forhaki arbon ol diskuti kun sia najbaro, ĉar lia bopatro atente zorgas pri la ordo kaj trankvilo de sia honesta vivo.

Géza trarigardas la lokon kie enbatis la klingon kaj denove malrapide levas la hakilon. La frapoj ritme sekvas unu post alia kaj humidaj splitoj, blankaj kiel karno, falas sur la teron. Géza pli supre levas la hakilon, pli fulme svingas ĝin en la aero kaj pli profunde enigas en la branĉon la akran ŝtalan klingon.

Géza jam peze spiras, grandaj ŝvitaj gutoj rosigas lian frunton, sed eĉ dum sekundo li ne ĉesas la hakadon. Liaj ardaj okuloj radias la konatan ambicion per kiu la homoj ĉiam strebas pruvi sian forton kaj potencon super la naturo.

La frapoj de la hakilo resonegas en la oreloj de Mladen kvazaŭ iu ekscite kaj forte frapas grandegan tamtamon kaj ĝia terura tortura tondro skuas la tutan monteton.

Ankoraŭfoje la hakilo ekfulmas kiel serpento, la branĉo kliniĝas kaj peze falas sur la teron. Kiek morna veo silentiĝas la lasta frapo de la hakilo. Géza malsupreniĝas de la ŝtuparo, piedpuŝas la forhakitan branĉon, apogas la hakilon al trunko de la arbo kaj viŝas per manplato sian varman ŝvitan frunton. Li elprenas paketon da cigaredoj kaj ekfumas soife. Kelkajn minutojn oĉjo Imre, Géza kaj Mladen staras silente ĉirkaŭ la forhakita branĉo.

아마 장인에게 이웃과 다투는 것보다는 나무를 자르는 것이 더 간단한 듯했다. 그의 장인은 정직한 인생의 질서와 안정을 세심하게 돌보니까.

게자는 칼날이 때린 부분을 살피고 나서 다시 천천히 도끼를 들었다.

때리는 것이 가락 있게 계속되더니 고기처럼 하얀 습기 있는 조각이 땅으로 떨어진다.

게자는 더 위로 도끼를 들고 그것을 공중으로 더 번개처럼 혼들어 가지에 날카로운 쇠칼날을 깊이 박게 한다.

게자는 벌써 힘겹게 숨을 쉬고 땀방울이 그의 이마에 이슬 맺히지만. 잠시도 도끼질을 그만두지 않는다.

그의 뜨거운 눈동자는 사람이 자연 위로 힘과 능력이 있음을 입증하려고 항상 애쓴다는 알려진 야심을 빛낸다.

도끼의 때림이 플라덴의 귀에 마치 누가 흥분해서 강하게 커다란 징을 때리고 그 고문하는 듯한 천둥소리가 모든 언덕을 뒤흔드는 것처럼 더 세게 들렸다.

여전히 도끼가 뱀처럼 번개 치고 가지는 기울어지더니 무겁게 땅으로 떨어졌다.

우울한 한숨처럼 도끼의 마지막 때림이 조용해졌다.

게자는 사다리에서 내려오고 꺾인 가지를 발로 밀어내고 나무 줄기에 도끼를 기대고 손바닥으로 뜨거운 땀이 나온 이마를 씻었다.

그는 담뱃갑을 꺼내 갈망하듯 피웠다.

몇 분간 임레 아저씨, 게자, 플라덴은 꺾인 가지 둘레에 조용히 서 있다.

Poste Géza denove prenas la hakilon kaj la samaj ritmaj tondroj eksonegas super la ĝardenoj. Post duonhora hakado falas ankaŭ la alia branĉo.

Vesperiĝas malrapide kaj mola nigra tolo kovras la ĝardenojn. La migdala arbo staras kiel alta homa silueto kun forhakitaj brakoj, e tenditaj al la firmamento.

- Bonan laboron ni faris. - kontente ekridetas Géza.

- Bonan, bonan. Dankon, Géza. - aldonas oĉjo Imre kaj iras alporti glaseton da brando por regali lin.

Géza je unu spiro ekdrinkas la fortan drinkaĵon, kontente lekas siajn lipojn kaj denove ekbruligas cigaredon.

- Eh, Mladen, multa laboro estas en la ĝardenoj. - mentore diras Géza. - Se ni ne helpas al niaj gepatroj, ili preskaŭ nenion povas fari solaj. Sed pli ofte ni devas veni en la ĝardenojn, ĉar ankaŭ ni bezonas monon. - Kaj Géza soife enspiras la cigaredan fumon. Do, mi devas jam foriri. Ĝis revido. - diras li kaj post mallonga paŭzo forte manpremas la manon de Mladen.

Kelkajn minutojn Mladen senmove rigardas post li. "Ĉu ankaŭ Géza nur por mono venas en la ĝardenon?" - ekflustras Mladen al si mem.

Silento vualas Lupa-monteton. Post la arda maja tago ekregas sufoka vespero. Ne alblovas vento. Senmovaj restas folioj, branĉoj, floroj.

나중에 게자는 다시 도끼를 들고 같은 가락 있는 천둥소리가 정원 위로 울려 퍼졌다.

30분의 도끼질 뒤 다른 가지도 떨어졌다.

천천히 저녁이 되고 부드러운 검은 천이 정원을 덮었다.

편도 복숭아나무는 하늘로 뻗은 꺾인 가지를 가지고 사람의 모습처럼 높이 서 있다.

"힘든 일을 했네요" 게자는 만족하며 살짝 웃었다.

"좋아, 아주 좋아. 고마워. 게자." 임레 아저씨가 덧붙이고 그에게 대접하려고 브랜디 작은 잔을 가지러 간다.

게자는 한숨에 강한 술을 들이마시고 만족해서 그의 입술을 핥고 다시 담배를 피웠다.

"예, 믈라덴, 정원에는 일이 많아요"

조언하듯 게자가 말한다.

"우리 부모를 돕지 않으면 그들은 혼자서 거의 아무것도 할 수 없어. 더 자주 정원에 와야만 해. 우리도 돈을 원하니까."

그리고 게자는 갈망하듯 담배 연기를 들이마신다.

"그래서 벌써 나는 가야만 해. 안녕히 계세요" 그는 말하고 잠깐 쉬더니 강하게 믈라덴의 손을 잡는다.

몇 분간 믈라덴은 그 뒤를 가만히 바라본다.

'게자는 역시 정원에서 오직 돈을 위해 왔는가?' 믈라덴은 혼자 속삭였다.

늑대 언덕에 침묵이 깃들었다.

뜨거운 5월의 하루 뒤 숨 막히는 저녁이 지배하기 시작한다.

바람이 불지 않는다.

꽃잎, 가지, 꽃은 움직이지 않고 그대로 머무른다.

Kaj en tiu ĉi silento Mladen kvazaŭ aŭdas foran tintan sonon: "mono, mono, mono..." La sono pli kaj pli proksimiĝas kaj denove aŭdiĝas la voĉo de oĉjo Arpad: "Mono, mono necesas por mi..." Kaj ĉiuj branĉoj, arboj, floroj reeĥas ĥore: "monon, monon, mono-domon, mono-floron, mono-pomon, mono-homon..."

Subite la tombeja silento en la ĝardenoj eksplodas. Sennombraj voĉoj ekkriegas freneze: "monon, monon..." La fruktaj arboj ekmoviĝas kaj kiel soldatoj en longaj, vicoj, minace proksimiĝas al Mladen. La retaj bariloj, kiuj apartigas la ĝardenojn, alvenas pli proksimen kaj pli proksimen. Mladen eksentas sin fermita en mallarĝa kaĝo, kie la aero ne sufiĉas. Li deziras ekkrii, sed la terurega kaj senĉesa sono: "mono, mono, mono..." premas kaj sufokas lian voĉon.

Ĉe la trunko de la migdala arbo ekbrilas la klingo de la hakilo. Mladen eksentas subitan deziron forhaki arbojn, elradiki legomojn, faligi la barilojn kiuj apartigas ĝardenojn kaj homojn.

Ie proksime ekbojas hundo. Alblovas zefiro. Mladen enspiras profunde. Sur la ĉielo kiel moneroj arĝentas la steloj.

– Mladen, kie vi estas? Ni devas jam iri hejmen. – aŭdas Mladen la maltrankvilan voĉon de Anna.

이런 침묵 속에서 믈라덴은 마치 멀리서 울리는 소리를 듣는다. "돈, 돈, 돈……."

소리는 점점 더 가까이 다가오고 다시 아르파드 아저씨의 목소리가 들린다. "돈, 돈이 내겐 필요해."

그리고 모든 가지, 나무, 꽃이 메아리치듯 다시 울린다.

"돈, 돈, 돈 집, 돈 꽃, 돈 사과, 돈 사람."

갑자기 정원에 묘지 같은 침묵이 터졌다.

수많은 소리가 미친 듯이 소리쳤다. "돈을, 돈을"

과일나무는 움직이고 긴 줄로 늘어선 군인처럼 위협하듯 믈라덴에게 다가온다.

정원의 경계인 그물 차단막은 더 가까이 더 가깝게 다가왔다.

믈라덴은 공기가 충분하지 않은 좁은 새장에 갇힌 느낌이다. 그는 소리치고 싶었지만 아주 무서운, 끊임없는 돈 돈 돈 소리가 그의 목소리를 누르고 숨 막히게 한다.

편도 복숭아 줄기 옆에서 도끼의 칼날이 빛난다.

믈라덴은 갑자기 나무를 도끼질하고 채소를 뿌리 뽑고 정원과 사람을 나누는 차단막을 넘어뜨리고 싶은 소원을 느낀다.

어디인가 가까이에 개가 짖는다.

연한 바람이 분다.

믈라덴은 깊이 숨을 들이마신다.

하늘 위에 동전같이 별은 은색이다.

"믈라덴, 어디 있나요?

우리는 이제 집에 가야 해요"

믈라덴은 안나의 불안한 목소리를 듣는다.

La patro de Anna akurate ŝlosas la pordon de la dometo, poste la pezan feran pordon de la ĝardeno kaj ili silente ekiras al la aŭtobushaltejo. Mladen ankoraŭ foje alrigardas la ĝardenon. Tie, inter la malhelaj kronoj de la arboj, funebre etendas siajn forhakitajn branĉojn la migdala arbo.

La aŭtobuso estas plena da homoj. Ĝi similas al grandega magazeno por floroj. Reveninte de la ĝardenoj preskaŭ ĉiuj veturantoj portas belegajn bukedojn. Agrabla aromo plenigas la aŭtobuson. La bukedoj kaŝas la vizaĝojn de siaj posedantoj kaj ĉirkaŭ si Mladen vidas nur rozojn, lekantojn, diantojn...

La flora aŭtobuso eniras la urbon kaj nesenteble enplektiĝas en la densa filandroj de la reklamaj lumoj.

안나 아버지는 정확하게 오두막의 문을 잠그고 나중에 정원의 무거운 철문을 잠근 뒤 그들은 조용히 버스 정류장으로 간다.

믈라덴은 아직 정원을 바라본다.

거기 나무의 어두운 가지 관 사이에 편도 복숭아나무는 장례식처럼 그의 잘린 가지를 뻗고 있다.

버스는 사람으로 가득하다.

그것은 거대한 꽃 백화점 같다.

정원에서 돌아오면서 거의 모든 승객은 아주 예쁜 꽃바구니를 가지고 있다.

상쾌한 향기가 버스 안에 가득하다.

꽃다발이 그 주인의 얼굴을 감춘다.

믈라덴은 주위에서 오직 장미, 마거릿, 패랭이꽃만 본다.

꽃이 가득한 버스는 도시로 돌아가고 느낄 수 없게 광고 불빛의 짙은 거미줄 속으로 섞인다.

10.

Tiun ĉi nokton Mladen dormis maltrankvile. Li sonĝis, ke li estas piloto kaj flugas per aviadilo alte en la ĉielo. Ĉirkaŭ li vastiĝis senlima profunda bluo kaj la metala arĝenta birdo flue desegnis nevideblajn cirklojn en la lazura ĉielo. Tie la aero estis kristale freŝa kaj li soife profunde enspiris ĝin. La mola bluo ravis lian rigardon kaj Mladen sentis sin feliĉa de la ŝvebo en tiu ĉi senlima maro de silento kaj trankvilo.

Mladen ne sciis kiom da tempo daŭris tiu ĉi plezura sonĝa flugado, sed kiam li ekdeziris alterigi la aviadilon li komprenis, ke li ne spertas, fari tion. Multaj flughavenoj videblis sur la tero, sed Mladen ne povis atingi ilin. Li provis foje, du, dek fojojn... Li proksimiĝis al la tero, tiel ke li vidis ne nur domojn kaj stratojn, sed ankaŭ la vizaĝojn de la homoj, kiuj trankvile promenadis tie, sed vane li provis alterigi la aviadilon kaj la metala birdo flugis impete kvazaŭ alia forto gvidus ĝin al la ĉielaltoj.

Teruro obsedis Mladenon. Frida ŝvito rosigis lian vizaĝon kaj sennombraj formikoj ekrampis sur lia dorso. Li ne povis plu spiri, li sufokiĝis, malgraŭ ke la ĉielo ĉirkaŭ li estis tiel blua kaj trankvila kaj la aero same kristala kaj freŝa kiel antaŭe.

10. 믈라덴의 꿈

이 밤 믈라덴은 불안하게 잤다.

그가 비행사로 비행기를 타고 하늘 높이 날아가는 꿈이다.

그 주위에는 한없이 깊은 파란 것이 넓게 펼쳐져 있고 금속의 은빛 새가 하늘빛 하늘에서 볼 수 없는 원을 자유롭게 그린다.

거기 공기는 수정같이 신선하여 그는 목마른 듯 깊이 그것을 들이마신다.

부드러운 파란 것이 그의 시선을 매혹해서 믈라덴은 행복을 느꼈다.

침묵과 평온의 끝없는 바다에서 공중에 떠 있어 믈라덴은 이 기쁜 꿈속에서 날아가는 것이 얼마나 계속되었는지 모르지만, 비행기를 땅에 착륙하고 싶어 할 때 그것을 해 본 경험이 없는 것을 안다.

많은 비행장을 땅 위에서 볼 수 있지만 믈라덴은 거기 도달할 수 없다.

그는 한 번, 두 번, 열 번을 시도했다.

집과 도로뿐만 아니라 거기서 조용하게 산책하고 있는 사람들의 얼굴조차 보이도록 땅에 가까이 갔다.

하지만 비행기를 착륙시키려고 하는 것이 헛수고였다.

그리고 금속 새는 마치 다른 힘이 그것을 하늘 높이 인도하듯 급하게 날아갔다.

공포가 믈라덴을 괴롭혔다.

식은땀이 그의 얼굴에 이슬 맺히고 수많은 개미가 그의 등으로 기어올랐다.

그는 더 숨을 쉴 수 없어 숨이 막혔다.

"Mi restos eterne en la ĉielo, kiel satelito." – nevole pripensis Mladen.

Nur du vojoj estis eblaj por li: aŭ perei, falinte sur la teron, aŭ eterne flugi kaj neniam plu eksenti la firman grundon de la tero.

Kaj en tiu ĉi momento Mladen vekiĝis. Li longe restis senmove en la lito. Kiel agrable estis flugi kaj kiel terure estis denove reveni sur la teron, Dudek kvin jarojn jam li vivas sur tiu ĉi firma tero kaj dum tiuj ĉi jaroj li kvazaŭ estas en la aero. Kion li faris ĝis nun? Li lernis, studis, edziĝis. Naskiĝis lia unua ido kaj eble tiel pasos ankoraŭ 25 aŭ 35 jaroj kaj li senspure forlasos la teron.

La maja suno brilas en la fenestroj kaj denove promesas varmegan sufokan dimanĉon. Post duonhoro ĉiuj hejme estos vekitaj. Ili matenmanĝos kaj tuj iros en la ĝardenon, sed por li tiu ĉi regula dimanĉa programo jam estas enua. Tri jarojn, printempe somere, aŭtune ili pasigas siajn dimanĉojn nur en la ĝardeno. Por Anna tio estas komprenebla kaj agrabla, ĉar ŝi elkreskis tie, sed la vivo de Mladen iom post iom komenciĝas simili al la vivo de lia bopatro. Ĉiutage, frumatene la patro de Anna iras en la ĝardenon kaj restas tie ĝis la vesperiĝo. Vespere li revenas hejmen, vespermanĝas kaj sidas antaŭ la televido. "Trankvila vivo." – pensas Mladen.

'그의 둘레 하늘은 그렇게 파랗고 안정적이고 공기는 똑같이 전에처럼 수정처럼 신선한데도 나는 위성처럼 하늘에서 영원히 남을 거야.' 의도 하지 않게 믈라덴은 생각했다.

오직 두 개의 길이 그에게 가능하다.

땅으로 떨어져 파괴되거나, 영원히 날아서 지구의 딱딱한 땅을 결코 느낄 수 없다.

그리고 이 순간에 믈라덴은 깼다. 그는 오랫동안 침대에서 가만히 누워있다. 나는 것이 얼마나 상쾌한가.

다시 땅으로 돌아오는 것은 얼마나 무서운가.

25년간을 이미 그는 이 딱딱한 땅 위에서 살았다.

이 세월 동안 그는 마치 공중에 있는 듯했다.

지금껏 무엇을 했나? 그는 배우고 공부하고 결혼했다.

그의 첫 자녀가 태어났고, 아마 그렇게 25년이나 35년이 지날 것이고 그는 흔적 없이 땅을 떠날 것이다.

5월의 해는 창에서 빛나고 다시 무더운 숨 막히는 일요일을 약속한다. 30분 뒤 집안 모든 사람은 깰 것이다.

그들은 아침을 먹고 곧 정원으로 갈 것이다.

하지만 그에게 이 규칙적인 일요일의 과정이 벌써 지루하다.

3년간 봄에, 여름에, 가을에, 오직 정원에서 일요일을 보냈다.

안나에게 그것은 당연하고 상쾌하다.

그녀는 거기에서 자랐으니까. 그러나 믈라덴의 인생은 조금씩 장인의 인생과 닮기 시작한다.

매일 이른 아침에 안나 아버지는 정원에 가서 거기서 저녁까지 지낸다.

저녁에 그는 집으로 돌아와서 저녁을 먹고 TV 앞에 앉는다. '편안한 삶이다.' 믈라덴은 생각한다.

Ĉe li, Anna dormas profunde. Ŝia mola bruna hararo sterniĝas senorde sur la blanka kuseno. Ŝia ritma spirado apenaŭ malfermas ŝiajn tenerajn lipojn kaj iome levas siajn mamojn, similaj al du sukoplenaj aromaj persikoj. La dekstra mano de Anna nevole altiris flanken la kovriltukon kaj malkovris ŝian glatan marmoran genuon.

"Kion ŝi sonĝas nun?" - nevole demandas sin Mladen. Anna estas tiel proksime, ke li povas karesi aŭ kisi ŝin, sed ŝian nunan sonĝon li ekscios neniam.

"Cu mi konas Annan? Eble mi scias kio plaĉas kaj ne plaĉas al ŝi, sed ne ĉiam mi komprenas ŝiajn pensojn kaj sentojn."

Dum la matenmanĝo Mladen proponas al Annan ke estus bone se hodiaŭ ili faros malgrandan ekskurson sur la montetoj apud la urbo,

– Mi sentas min pli bone en la ĝardeno. – diras Anna.

– Krom tio jam unu monaton ne pluvis kaj ni devas akvumi la arbojn, florojn kaj legomojn.

Tiuj ĉi vortoj rememorigas al Mladen pri la pasinta dimanĉo kaj li decidas sincere paroli kun Anna. Mladen bone konscias ke li ofendos ŝin, sed Anna devas jam scii kion li pensas pri la ĝardeno, pri ilia familia vivo, pri ilia estonteco.

그 옆에서 안나는 깊이 자고 있다.

그녀의 부드러운 갈색 머리카락은 하얀 베개 위로 어지럽게 늘어져 있다.

그녀의 일정한 숨쉬기는 부드러운 입술을 살짝 벌리고 즙이 많아 향기 나는 복숭아 같은 그녀 가슴을 살짝 들어 올린다.

안나의 오른손은 의도하지 않게 이불 한 쪽을 잡아당겨 그녀의 매끄러운 대리석 같은 무릎을 보이게 한다.

'지금 무슨 꿈을 꾸고 있나?'

믈라덴은 자기도 모르게 궁금했다.

안나는 어루만지거나 입맞춤할 정도로 그렇게 가깝지만, 결코 그녀의 지금 꿈을 알 수 없다.

'내가 안나를 아는가?

아마 나는 그녀가 무엇을 좋아하고 싫어하는지 안다.

하지만 항상 그녀의 생각과 감정을 아는 것은 아니다.'

아침 식사하는 동안 믈라덴은 안나에게 오늘 도시 근처 언덕으로 단출하게 소풍을 가자고 제안한다.

"나는 정원에 있는 것이 더 좋은데." 안나가 말한다.

"게다가 벌써 한 달간 비가 오지 않아 우리는 나무, 꽃, 채소에 물을 줘야 해."

이 말이 믈라덴에게 지난 일요일을 기억나게 한다.

그래서 그는 안나와 진지하게 이야기하려고 마음먹는다.

믈라덴은 자신이 그녀에게 상처를 줄 것이라고 인식하지만 안나는 정원에 대해, 그들 가정생활에 대해, 그들의 미래에 대해 그가 무슨 생각을 하고 있는지 알아야만 한다.

- Anna, ‾ mallaŭte ekparolas Mladen ‾ estas bone, ke via patro havas ĝardenon kaj ni povas pasigi niajn ripoztagojn tie, sed mi ne deziras fariĝi sklavo de tiu ĉi ĝardeno, Mi ne deziras tutan vivon pensi pri la persikoj kaj tomatoj. Mi ne deziras ĝoji al la pluvo nur tial, ĉar ĝi akvumas la fruktojn kaj legomojn en nia ĝardeno kaj mi tute ne havas komercistajn spertojn por vendadi la fruktojn el nia ĝardeno. ‾ Mladen ekpafas tiujn ĉi frazojn preskaŭ per unu spiro kvazaŭ li tre longe, tre atente kaj tre detale pripensis ilin. Li eĉ provas resti trankvila, sed liaj okuloj ardas, liaj brovoj kuntiriĝas iomete kaj lia voĉo sonas pli obtuze kaj seke.

Minuton aŭ du Anna rigardas lin kvazaŭ ŝi ne tre bone komprenis pri kio temas kaj poste naive ŝi diras:

- Sed Mladen, vi ŝatas la ĝardenon. Ĉu ne? Jam tri jarojn, preskaŭ ĉiun dimanĉon, ni iras en la ĝardenon kaj ĝis nun vi sentis vin bone tie. Vi ŝatas labori en la ĝardeno, vi ripozas aŭ legas tie. Vi eĉ diris, ke nia ĝardeno rememorigas al vi pri via gepatra domo.

- Jes, Anna, - elspiras Mladen, - ĉio tio estas vero. Mi ŝatas la ĝardenon kaj por mi estas agrable pasigi mian liberan tempon tie, sed mi sentas ke tiamaniere nia vivo jom post iom komencas aliformiĝi al agrabla filistra vivo. Ni loĝas en metropolo, sed ĉu nia vivo ne estas tro trankvila?

"안나!" 천천히 믈라덴이 말을 꺼낸다. "당신 아버지가 정원을 가지고 있는 것은 좋아. 우리는 거기서 휴일을 보낼 수 있어. 하지만 나는 이 정원의 종이 되고 싶지는 않아.
나는 평생 복숭아와 토마토에 대해 생각하고 싶지 않아.
우리 정원에 있는 과일과 채소에 물을 주니까.
그것 때문에 비에 기뻐하고 싶지 않아. 그리고 나는 우리 정원의 과일을 팔 상업적인 경험도 갖고 있지 않아."
믈라덴은 이 문장을 거의 단숨에 쏟아냈다. 마치 그가 아주 오랫동안 매우 주의 깊게 몹시 세심하게 생각한 것처럼.
그는 편안하게 남으려고까지 한다. 하지만 그의 눈동자는 뜨겁고 그의 눈썹은 조금 찡그려지고. 그의 목소리는 더 무디고 거칠었다.
일이 분 안나는 그를 바라본다. 마치 무슨 주제를 말하는지 아주 잘 이해하지 못한 것처럼.
그러고 나서 순진하게 그녀는 말한다.
"하지만, 믈라덴! 당신은 정원을 좋아해요, 그렇죠? 벌써 3년간 거의 일요일마다 우리는 정원에 가서 지금껏 당신은 거기서 잘 지냈어요. 당신은 정원에서 일하는 것을 좋아하고 거기서 쉬거나 책을 읽어요. 당신은 우리 정원이 당신 부모님 집을 생각나게 한다고 말하기조차 했어요."
"그래요. 안나!" 믈라덴이 숨을 내쉬었다.
"그 모든 것이 사실이에요. 나는 정원을 좋아하고 내 자유 시간을 거기서 보내면서 상쾌해요.
하지만 그런 식으로 우리의 삶이 조금씩 편안한 속물 인생으로 변해 가는 것을 나는 느껴요. 우리는 대도시에 살지만, 우리 인생이 너무 편안하지 않나요?

Tage ni laboras, post la laboro ni vizitas foje, foje ian konatan familion, iu gastas ĉe ni, aŭ ni dormetas antaŭ la televido. Dimanĉe ni iras en la ĝardenon por akvumi la legomojn aŭ forhaki ian fruktan arbon kaj tagmanĝi sub la trankvila ombro de la olda poma arbo kaj tiel pasas nia vivo.

– Mi ne pensas, ke ni estas filistroj. – akre intermetas Anna. – Kion vi deziras plu? Vi estas sana, vi havas familion, laboron, infanon kaj ĉu tio ne sufiĉas, ke la homo sentu sin feliĉa?

– Ne, Anna, tio ne sufiĉas. – firme diras Mladen kaj lia voĉo eksonas metale. – Tiamaniere ni komencos pensi, ke ni jam ĉion atingis en la vivo. Vere, ni havas ĉion, sed mankas al ni konkreta celo en nia vivo

– Ne, Mladen, – ironie ekridetas Anna, – mi ĉiam havis celon kaj mia celo estas la trankvila familia vivo. La plej feliĉaj minutoj estas por mi kiam ni ĉiuj manĝas kune en la ĝardeno, sub ta olda poma arbo. Tiam por mi la tuta mondo aspektas belega kaj mi deziras nenion pli en la vivo. Mi ne povas kompreni pri kia alia celo vi parolas kaj ĉu la homo povas havi ian celon ekster la familio. Ankaŭ hodiaŭ estas bela vetero kaj ni bonege ripozos en la ĝardeno. Eble venontan dimanĉon ni ekskursos eĉ ĝis Szentendre, se vi deziras. – kaj Anna kare kisas Mladenon.

La suno brilas terure.

낮에 우리는 일하고 일이 끝난 뒤 우리는 번번이 어느 아는 가정을 방문하고 누구를 손님으로 초대하거나 TV 앞에서 졸아요. 일요일에 우리는 정원에 채소에 물 주러, 어떤 과일나무를 자르러, 오래된 사과나무의 편안한 그림자 아래 점심 먹으러 가요. 그렇게 우리 인생이 지나가요."

"우리가 속물이라고 나는 생각하지 않아요." 안나가 날카롭게 끼어들었다.

"당신은 더 무엇을 원하나요? 당신은 건강하고 가정, 일, 자녀가 있어요.
사람이 행복하게 느끼는 것이 충분하지 않나요?"

"아니요. 안나. 충분하지 않아요." 굳세게 플라덴이 말하고 그의 목소리는 차갑게 들린다.

"그런 식으로 삶에서 우리가 모든 것을 가졌다고 우리는 생각하기 시작해요. 정말 우리는 모든 것을 가졌지만 우리 삶에 단단한 목적이 부족해요."

"아녜요 플라덴!" 안나가 냉소적으로 웃기 시작한다.

"나는 항상 목적이 있고 내 목적은 편안한 가정생활이에요. 내가 가장 행복한 시간은 우리 모두 오래된 사과나무 아래 정원에서 함께 밥 먹는 거예요. 그때 내게 온 세계가 아주 멋지게 보이고 삶에서 그 무엇도 원하지 않아요.
나는 당신이 어떤 다른 목적을 말하는지 이해할 수 없어요. 사람은 가정 외에 어떤 다른 목적을 가질 수 있나요? 역시 오늘은 좋은 날씨예요. 우리는 정원에서 잘 쉴 수 있어요. 아마 다음 일요일에 **스젠텐드레**까지도 소풍 갈 수 있어요. 당신이 원하면!" 그리고 안나는 사랑스럽게 플라덴에게 입맞춤한다.
해가 무섭도록 비춘다.

La patro de Anna peze spiras, lia vizaĝo abunde ŝvitas kaj li ofte, ofte viŝas ĝin per sia poŝtuko. La vizaĝoj de Anna kaj ŝia patrino estas ruĝaj kiel tomatoj. ili rapidas al la ĝardeno, kie dum la tuta tago ili trankvile sunbaniĝos. Mladen malrapide iras ĉe ili. Eble sub la densaj ombroj de Pinarbara monteto ne estus tiel forta la maja ardo. Tie troviĝas ankaŭ malgranda koketa restoracio, kie oni preparas bongustajn bifstekojn kaj servas bonegan malvarmetan Badacsony-vinon, sed Anna preferas la ĝardenon sur Lupa-monteto ol la promenadon en la pina arbaro.

ilia vivo vere estas monotona, sed eble Anna pensas pli reale ol li. Kaj Mladen denove rememoras sian inkuban songon. Ĉu li ankoraŭ ne flugas en la ĉielo? Eble jam li devas salti sur la teron, komenci kultivi la teron, zorgi pri fruktoj kaj legomoj kaj ekvivi feliĉe...

안나 아버지는 힘겹게 숨을 쉰다.

그의 얼굴은 땀으로 가득하고 그는 자주 손수건으로 그것을 닦는다.

안나와 그의 어머니 얼굴은 토마토처럼 붉다.

그들은 정원으로 서둘러 가서 거기서 온종일 편안하게 해 아래 누워있을 것이다.

믈라덴은 그들 곁에서 천천히 걸어간다.

아마도 소나무 언덕의 짙은 그늘에서 5월의 열기는 그렇게 세지 않을 것이다.

거기에 역시 작고 앙증맞은 식당이 있고 맛있는 소고기를 준비하고 아주 시원한 바다소리 포도주를 제공하지만, 안나는 소나무 숲에서 산책하는 것보다 늑대 언덕의 정원을 더 좋아한다. 그들의 삶은 정말 단순하다.

그러나, 아마 안나는 그보다 더 현실적이다.

그리고 믈라덴은 다시 그의 악몽을 기억한다.

그는 여전히 하늘에서 날고 있지 않은가?

아마 벌써 땅으로 떨어져 땅을 경작하기 시작하고 과일과 채소를 돌보고 행복하게 살기 시작해야만 한다.

11.

Lupa-monteto silentas. Estas dimanĉo, sed neordinara trankvilo vualas la ĝardenojn kaj somerajn dometojn. Nek infana krio, nek virina rido alflugas el la najbaraj ĝardenoj. Eĉ la kantbirdoj silentas. Malice brilas la suno kaj kvazaŭ varmega peza kovroplato kovras la tutan monteton.

Sur la fono de la senmova profunda silento, funebre reliefiĝas la du hakitaj nigraj branĉoj de la migdala arbo.

Kelkajn minutojn Mladen staras sub la olda poma arbo kaj poste malrapide iras al la pruna arbo, kies ombro estas pli densa kaj sub ĝi la varmo eble ne estas tiel forta kaj sufoka.

- Saluton, junulo. - aŭdas Mladen konatan viran voĉon. Estas oĉjo Miklos, la najbaro. Li staras antaŭ la pordo de sia somera dometo. Lia ĉemizo estas malbutonita kaj lia granda pajla ĉapelo duone kovras lian brunetan sulkigitan vizaĝon. Kiel du fajreroj brilas liaj okuloj sub la ombro de la somera ĉapelo.

- Bonan tagon, oĉjo Miklos. - salutas lin Mladen. - Kiel vi fartas? Delonge mi ne vidis vin.

- Mi fandiĝas, kara junulo. - gaje respondas oĉjo Miklos kaj levas iomete sian grandan ĉapelon.

11. 미클로스 아저씨

늑대 언덕은 조용하다.

일요일이라 특별한 편안함이 정원과 여름 오두막에 가득하다.

아이 울음도 여자의 웃음도 이웃 정원에서 날아오지 않는다.

노래하는 새조차 조용하다.

해는 기분 나쁘게 반짝이고 마치 무조건 무거운 덮개 판으로 온 언덕을 덮는다.

소리 없는 깊은 침묵의 배경에서 애도하듯 편도 복숭아나무의 잘린 검은 가지가 2개 두드러진다.

몇 분간 블라덴은 오래된 사과나무 아래 서 있다가 나중에 천천히 그늘이 더욱 짙고 더위가 그렇게 심하거나 숨 막히지 않는 자두나무로 갔다.

"안녕, 젊은이!" 블라덴은 익숙한 남자 목소리를 들었다.

이웃인 미클로스 아저씨다.

그는 자기 여름 오두막 문 앞에 서 있다.

그의 셔츠는 단추가 풀어져 있고 커다란 밀짚모자는 갈색으로 주름진 얼굴을 거의 반이나 덮고 있다.

두 개의 작은 불씨처럼 그의 눈동자는 여름용 모자의 그늘에서 빛이 났다.

"안녕하세요, 미클로스 아저씨." 블라덴이 인사한다.

"어떻게 지내세요? 오랫동안 뵙지 못했네요."

"땀이 나는군. 사랑하는 젊은이." 반갑게 미클로스 아저씨가 대답하고 커다란 모자를 든다.

- Ĉu vi ne deziras drinki kun mi glason da malvarma vino? - proponas oĉjo Miklos kaj invitas Mladenon en sia somera dometo.

- Malvarmete estas en mia dometo, sed sola mi ne kutimas drinki. - kaj oĉjo Miklos elprenas el la fridujo botelon da ruĝa vino. Li metas la botelon kaj du glasojn sur la tablon kaj ŝerceme aldonas. - Tiu ĉi estas la lasta botelo da vino de mia propra vinberrikolto. Ĝis aŭtuno sodakvon mi trinkos.

- Eble ĉi-aŭtune ne estos multe da vinbero. Dum tuta majo eĉ foje ne pluvis. - rimarkas Mladen.

- Eh, junulo, - elspiras oĉjo Miklos, - tio ne tre interesigas min. Se estos vinbero mi drinkos vinon, se ne estos mi ne drinkos. Mi ne similas al miaj najbaroj, kiuj tremas pri la rikoltoj de siaj ĝardenoj kaj ploras, ke posttagmeze oni malpermesas la akvumadon de la ĝardenoj. Mi ŝatas mian ĝardenon kaj mi deziras el ĝi nur silenton kaj trankvilon. - Hodiaŭ la ĝardenoj vere silentas. - intermetas ŝerce Mladen.

- Jes, Silentas la ĝardenoj, sed se ili povus paroli, ili multon rakontus pri siaj posedantoj. - oĉjo Miklos eltrinkas iomete el sia glaso kaj rigardante eksteren tra la malfermita pordo de la somera dometo, li malrapide, obtuze ekparolas:

- Estis 1946 kiam mi aĉetis tiun ĉi lokon.

"나랑 시원한 포도주를 마시고 싶지 않은가?" 미클로스 아저씨가 제안해서 자기 오두막으로 믈라덴을 초대한다.

"내 오두막은 시원해.

하지만 보통 난 혼자서 마시지는 않아."

그리고 미클로스 아저씨는 냉장고에서 적포도주 병을 꺼낸다.

그는 병과 잔을 두 개 탁자 위에 놓고 농담하며 덧붙인다.

"이게 내가 직접 포도 수확해서 담근 포도주 마지막 병이야.

가을까지 나는 소다수만 마실 거야."

"아마 이번 가을에 포도가 많지 않을 겁니다.

5월 내내 한 번도 비가 오지 않아서." 믈라덴이 환기시킨다.

"그래, 젊은이." 미클로스 아저씨가 숨을 내쉰다.

"그건 아주 재미없는 일이지.

포도가 있으면 포도주를 마실 것이고, 없으면 나는 마시지 않을 거야.

나는 정원의 수확에 떨고 오후에 정원에 물을 주지 말라고 해서 우는 내 이웃과는 같지 않아.

나는 내 정원을 좋아하고 거기서 조용함과 편안함을 느끼기 원해."

"오늘 정원은 정말 조용해요." 믈라덴이 농담처럼 끼어들었다.

"그래, 정원이 조용해. 하지만 그들이 말할 수 있다면 그 주인에게 많이 이야기할 거야."

미클로스 아저씨는 잔을 조금 들이키고 여름 오두막의 닫힌 문 넘어 밖을 바라보고 천천히 흐릿하게 말을 꺼낸다.

"1946년에 나는 이것을 샀어.

Tiam mi estis ĉirkaŭ 30jara, juna advokato kiu ĵus komencis sian karieron, kaj mi deziris havi malgrandan ĝardenon ekster la urbo. Mi ĉiam ŝatis la silenton kaj Lupa-monteto ekplaĉis al mi. Lupa-monteto estas proksime ĉe la urbo, sed antaŭ 30 jaroj ĝi ne allogis la budapeŝtanojn. Nur arbustoj kreskis ĉi tie kaj la tuta monteto similis al grandega kalva kapo. Tiam Pinarbara-monteto, per siaj majestaj pinaj arboj kaj molaj herbejoj, pli ravis la okulojn de la ĉefurbanoj.

Kiam mi alvenis ĉi tien, mi vidis herbejon kovritan per elasta lolo, dornarbustoj kaj densa sarkaĵo. Unu sola arbo kreskis ĉi tie kaj tio estis la ĉeriza arbo, kiu ankoraŭ nun memorigas min pri tiu tempo. Mi ne scias kiamaniere tiu ĉi arbo elkreskis inter la arbustoj kaj sarkaĵoj aŭ kiu plantis ĝin ĉi tie, sed tiu ĉi ĉerizarbo ekplaĉis al mi kaj bongustaj estis ĝiaj fruktoj. Iom post iom mi komencis kultivi mian ĝardenon. En la dimanĉoj mi venis sola ĉi tie, matene mi laboris, posttagmeze mi tagmanĝis kaj ripozis sub la friska ombro de la ĉeriza arbo. Tio estis por mi la plej dolĉa ripozo, fore de la urba bruo. Mi ne estas tre societema homo kaj ĉi tie mi sentis min bone sola. Post kelkaj jaroj la ŝtato decidis dividi parton de Lupa-monteto kaj disdonis la parcelojn al homoj, kiuj ŝatas kultivi la teron. Bona ideo estis tio kaj post kelkaj jaroj Lupa-monteto disfloris.

그때 나는 서른 살 정도였지.

젊은 변호사로 막 일을 시작하고 도시 외곽에 작은 정원을 갖고 싶었어.

나는 조용한 것을 항상 좋아해.

늑대 언덕이 마음에 들었지.

늑대 언덕은 도시에서 가깝지만 30년 전에 그것은 부다페스트 사람에게 매력적이지는 않았어.

오직 수풀만 여기서 자라고 온 언덕은 커다란 대머리 같았지. 그때 소나무 언덕은 울창한 소나무 숲과 부드러운 풀밭으로 수도 주민의 눈에 더 매력적이었어.

내가 여기에 왔을 때 탄력 있는 독보리, 가시 수풀, 무성한 잡초가 있는 풀밭을 봤어.

오직 한 그루 나무만 여기서 자랐는데 그것이 체리 나무였고, 아직도 그때를 기억나게 해.

나는 어떻게 이 나무가 수풀과 잡초 사이에서 자라는지 누가 여기에 그것을 심었는지 알지 못해.

하지만 이 체리 나무가 마음에 들어. 그 열매는 맛있어.

조금씩 나는 정원을 가꾸기 시작했지.

일요일에 혼자 여기에 와서 아침에 일하고 오후에 점심 먹고 체리 나무의 시원한 그늘에서 쉬었어.

그것이 도시 소음에서 멀리 떨어져 내게 가장 달콤한 휴식이었지. 나는 그렇게 사회성 있는 사람은 아니야.

여기서 나는 혼자서 잘 지내. 몇 년 뒤 나라에서 늑대 언덕을 여러 부분으로 나누려고 했어. 땅을 경작하기 좋아하는 사람에게 분할된 땅을 나눠 주었지. 그것은 좋은 생각이고 몇 년 뒤 늑대 언덕은 사방에 꽃이 피었지.

Multaj fruktaj arboj kvazaŭ nesenteble elkreskis ĉi tie kaj la tuta monteto aliformiĝis al granda verda bukedo. Tiam via bopatro fariĝis mia unua najbaro. Ankaŭ lia parcelo similis al dezerto el sarkaĵoj, sed li estis juna kaj tiam mi vidis kion signifas vera agrikultura laboro. Li laboris ne nur per la manoj, sed per la koro. Dum la ripozaj tagoj li venis frue ĉi tien kaj metron post metro li purigis la teron. Li elradikis la sarkaĵojn, dum horoj li povis pacience forhaki iun elastan arbuston aŭ fosis la teron kaj purigis ĝin de la ŝtonoj. Kaj sub liaj manoj la tero ekspiris libere. Ankaŭ mi ŝatis labori, sed mi estis urba knabo, nesperta. Lą agrikultura laboro estis en la sango de via bopatro. Li laboris pasie, abnegacie kaj mi pensis, ke eĉ la terodoro sorĉis lin kaj donis al li neelĉerpeblajn fortojn. Li estis laboristo en iu fabriko, sed ŝajnis al mi, ke nur ĉi tie, en la ĝardeno, li libere spiris. Li certe ne estis naskita por laboristo kaj en la fabrikaj haloj la aero eble ne sufiĉis por li. La tero estis lia vera pasio. li laboris kaj estis feliĉa, ke dum sia libertempo li povas sinforgese dediĉi sin al la ŝatata laboro. De tempo al tempo ni konversaciis, sed la penso, ke mi estas advokato kaj li laboristo, ĝenis lin iomete, sed mi ofte petis lin pri helpo kaj konsilo en la ĝardena laboro.

많은 과일나무가 마치 소리도 없이 여기서 자라고 온 언덕이 커다란 푸른 꽃다발로 변해 갔어.

그때 젊은이의 장인은 나의 첫 이웃이 되었지.

그의 분양받은 땅 역시 잡초가 무성한 사막 같았지만, 그는 젊었고 그때 나는 진짜 농사일이 무엇을 의미하는지 봤어.

그는 손으로만이 아니라 마음으로 일을 했어.

쉬는 날에 그는 여기에 일찍 와서 몇 미터씩 땅을 깨끗이 정리했어.

그는 잡초 뿌리를 캐고 여러 시간 인내심을 가지고 어떤 탄력 있는 수풀을 도끼로 찍어 내거나 땅을 파거나 풀이 없도록 깨끗이 정리했어.

그의 손아래서 땅은 자유롭게 숨을 쉬었지.

나도 일하기를 좋아하지만 나는 도시 남자고 서툴렀지.

농사일은 젊은이 장인의 피에 들어있었어.

그는 열심히 희생적으로 일했고 땅의 냄새가 그를 취하게 만들고 그에게 무한한 힘을 준다고 나는 생각했어.

그는 어느 공장의 노동자였지만 오직 여기 정원에서 그는 자유롭게 숨 쉬는 것처럼 보였지.

그는 정말 노동자로 태어난 것이 아니야.

공장의 홀에서 아마 공기는 그에게 충분하지 않아.

땅이 그의 진정한 열정이지.

그는 일하면서 행복했어.

자유 시간에 자기를 잃고 좋아하는 일에 몸을 바칠 수 있지.

때로 우리는 대화했지만 내가 변호사고 그는 노동자라는 생각이 그를 조금 괴롭게 해서 나는 자주 그에게 정원 일에서 도움과 조언을 청했지.

Iom post iom la ĝardenoj de aliaj najbaroj komencis ĉirkaŭigi nin, sed neniu el ili posedis tian amon al la tero kian via bopatro. Ankaŭ la aliaj najbaroj laboris, sed ili pensis pri la profito de sia laboro. Ili senlace kultivis la teron kaj ĉiam kalkulis kion ili povas gajni. Ili eĉ ofte ridis al via bopatro, ke lia ĝardeno estas kiel paradizo, sed li preskaŭ ne vendas la fruktojn de sia ĝardeno. Ĉi tie, proksime, mia kolego kaj amiko ankaŭ havis ĝardenon. Dum li vivis li bone zorgis pri sia ĝardeno, sed li mortis antaŭ kelkaj jaroj kaj lia sola filino heredis la ĝardenon. Ankaŭ ŝi estas juristino, sed eble post la morto de siaj gepatroj, ŝi vivanta sola, ankaŭ decidis gajni el sia ĝardeno kaj regule komencis okupiĝi pri ĝi, sed eble post jaro aŭ du ŝi vidis, ke sola ŝi ne povas zorgi pri la ĝardeno kaj tial ŝi petis helpon de iu pli maljuna najbaro, ankaŭ fraŭlo. Tiu ĉi najbaro, konata kiel senlaca Don Juan, vere helpis al ŝi, sed pro tio li fariĝis ankaŭ ŝia amanto. Nun la ĝardeno de tiu ĉi soleca fraŭlino estas bela, sed ĉiam kiam mi vidas ĝin, mi pensas pri la ĝardenoj en la homaj animoj, en kiuj ofte kreskas sarkaĵoj kaj lolo, — oĉjo Miklos peze elspiras kaj eltrinkas iomete de sia glaso.

— Eble mi lacigis vin, kara junulo, — ekridetas li. — sed kiam la homo maljuniĝas sennombraj rememoroj okupas lian penson kaj oni sentas neceson longe babiladi kun iu.

조금씩 다른 이웃 정원이 우리를 둘러쌌지만, 젊은이의 장인처럼 땅에 대한 사랑을 가진 사람은 없었어.

다른 이웃들도 일했지만, 그들은 노동의 이익에 관해서만 생각했지.

그들은 쉬지 않고 땅을 경작하고 그들이 얻을 수 있는 것을 늘 계산했지.

그들은 그의 정원이 마치 천국 같다고 자주 웃기도 했지만, 그는 정원의 과일을 거의 팔지 않았어.

여기서 가까이에 내 동료와 친구도 정원을 가지고 있어.

그가 사는 동안 정원을 잘 관리했지만 몇 년 전에 죽었어.

그의 유일한 딸이 정원을 물려받았지.

그녀도 법률가였지만 아마 부모님 돌아가신 뒤 혼자 살면서 정원에서 얻으리라 결심하고 규칙적으로 이 일에 매달리기 시작했지만, 아마 일 이년 뒤 '혼자 정원을 돌볼 수 없구나' 생각하고 그래서 더 나이든 이웃, 총각에게 도움을 청했어.

지치지 않는 **돈 주앙**으로 알려진 이 이웃은 정말 그녀를 도왔고 그 때문에 그녀의 애인이 되었지.

지금 이 외로운 아가씨의 정원은 예쁘지만, 그것을 볼 때마다 늘 잡초와 독보리가 자라는 사람 마음속의 정원을 생각해."

미클로스 아저씨는 힘겹게 숨을 쉬고 잔을 조금 들이켰다.

"아마 젊은이를 피곤하게 했지. 사랑스러운 젊은이." 그는 살짝 웃었다.

"하지만 사람이 늙으면 수많은 기억이 생각나, 누군가와 오래 수다 떨 필요를 느껴.

La ĝardenoj silentas, sed la homoj emas konfesi al iu siajn eternajn problemojn, vanajn esperojn aŭ ĉagrenojn. Post jaro aŭ du ankaŭ mi mortos kaj denove sarkaĵoj elkreskos en mia ĝardeno, sed eble restos unu frukta arbo, planita de mia mano, kiel la olda ĉeriza arbo, kiun mi trovis ĉi tie antaŭ 35 jaroj. Nun, kiam mi maljuniĝas nur unu sola penso min konsolas, ke dum mia tuta vivo mi laboris kaj tiel ĝi ne pasis vane.

Mladen iomete mire alrigardas oĉjon Miklos, sed la maljuna najbaro ne estas ebria. Lia glaso estas ankoraŭ duonplena. Eble la varma, trista kaj silenta maja tage provokis liajn sentojn kaj rememorojn.

La okuloj de oĉjo Miklos similas al du etaj olivoj kaj Mladen nevole rememoras, ke ankaŭ lia patro havas tiajn okulojn. Pere de stranga asociacio Mladen kvazaŭ aŭdas la karan molan voĉon de sia patro. Kaj Mladen vidas lian malaltan viglan figuron, liajn vangojn, ruĝajn kiel du maturaj pomoj kaj liajn nigrajn ridetajn okuletojn. Sed io ĉiam ĝenis lian patron. Kiam li estis infano, Mladen ne komprenis tion, sed iom post iom li komencis senti la kaŝitan ĉagrenon de sia patro.

Lia patro ŝatis labori kaj laboris multe. Dum sia vivo li ŝanĝis diversajn profesiojn. Li estis instruisto, oficisto, ĵurnalisto kaj kvazaŭ ĉion li laboris per deziro.

정원이 조용하지만, 사람들은 누군가에게 자신의 영원한 문제, 헛된 희망이나 걱정을 고백하고 싶어 해.

일이 년 뒤 나도 죽을 테고 다시 잡초가 정원에서 자라겠지.

하지만 아마 내 손으로 심은 과일나무 하나가 35년 전에 내가 여기서 발견한 오래된 체리 나무처럼 남겠지.

지금 나이가 들고 내 평생 일을 했고 그래서 그것이 헛되이 지나가지 않았다는 오직 한 가지 생각이 나를 위로해 줘."

믈라덴은 조금 놀라서 미클로스 아저씨를 바라보지만 늙은 이웃은 술 취하지 않았다.

그의 잔은 아직 반이나 남아있다.

아마 따뜻하고 슬프고 조용한 5월 하루가 그의 감정과 기억을 불러일으킨 듯했다.

미클로스 아저씨의 눈은 두 개의 작은 올리브 같다.

믈라덴은 의도하지 않게 그의 아버지도 그런 눈을 가졌음을 기억한다.

이상한 연상 작용 때문에 믈라덴은 마치 아버지의 사랑스러운 부드러운 목소리를 들은 것 같다.

믈라덴은 그의 작고 활기찬 얼굴, 두 개의 잘 익은 사과 같은 뺨, 웃고 있는 검은 눈을 본다.

하지만 무언가가 항상 그의 아버지를 괴롭힌다.

그가 어렸을 때 믈라덴은 그것을 알지 못했지만 조금씩 아버지의 숨겨진 걱정을 느끼기 시작했다.

그의 아버지는 일하길 좋아해서 많이 일했다.

평생 그는 여러 직업을 바꾸었다.

그는 교사, 사무원, 기자였고 마치 모든 것을 원하는 대로 일했다.

Sed Mladen neniam povis diri certe kio li estas: ĉu instruisto aŭ ĵurnalisto kaj eble dum la tuta vivo lia patro ne sukcesis trovi sian ŝatatan profesion. Li laboris, sed ne per tiu pasio pri kiu nun parolis oĉjo Miklos. Li malamis la materiajn valorojn, sed en liaj bonaj nigraj okuloj oni povis vidi ian kaŝitan sopiron. Pro kio? Pri si mem li preskaŭ ne parolis kaj Mladen neniam aŭdis ion pri liaj infanaj revoj kaj deziroj.

Nur foje, foje, dum iu somera vespero, kiam Mladen ankoraŭ estis gimnaziano kaj li kun sia patro kutimis sidi en la korto de ilia domo, lia patro demandis lin trankvile kaj mallaŭte:

- Kian profesion vi elektis?

En tiuj momentoj por Mladen pli facile estis respondi: "Mi ankoraŭ ne pensis pri tio", ĉar li malŝatis similajn seriozajn konversaciojn, sed tia respondo ne konvenis por gimnaziano kaj tial li diris simple, ke li deziras esti instruisto.

Post tiu ĉi frazo lia patro ordinare diris:

- Eble por vi tio ne estas la plej bona profesio, sed sekvu la impetojn de via spirito. - poste rigardante al la granda juglandarba arbo, lia patro kvazaŭ al si mem ekflustris: - En malbonan direkton iris mia vivo. Mia patro tre deziris, ke mi estu instruisto. Mi plenumis lian volon, sed mi sufokis mian revon.

Sed li neniam menciis kia estis lia revo.

하지만 믈라덴은 확실히 그의 직업이 무엇이라고 절대 말할 수 없다. 교사인지 기자인지 아마 평생 그의 아버지는 좋아하는 직업을 발견하지 못한 듯했다.

그는 일했지만 지금 미클로스 아저씨가 말하는 그런 열정은 없었다.

그는 물질의 가치를 미워하고 그의 검고 좋은 눈에서 어떤 숨겨진 소망을 볼 수 있다.

무엇 때문에? 그는 자기 자신에 대해 거의 말하지 않았다.

믈라덴은 결코 아버지의 어릴 적 꿈이나 소망을 들은 적이 없다. 오직 어쩌다 어느 여름 저녁에 믈라덴이 아직 고등학생일 때 집 마당에서 자주 아버지랑 앉아 있고 아버지는 편안히 조용하게 그에게 물었다.

"어떤 직업을 선택했니?"

그 순간 믈라덴은 대답하기가 더 쉬웠다.

"난 아직 그건 생각하지 않았어요."

그는 그 같은 진지한 대화를 좋아하지 않았기에.

하지만 그 대답이 고등학생에게 적합하지 않아 그래서 단순히 교사가 되고 싶다고 말했다.

이 말 뒤에 아버지는 보통으로 말했다.

"아마 네게 그것이 가장 좋은 직업은 아닐 것이야.
네 정신의 열망에 따라라."

뒤에 커다란 호두나무를 쳐다보면서 그의 아버지는 마치 자기에게 속삭이듯 "내 인생은 나쁜 방향으로 갔어.
내 아버지는 내가 교사가 되길 아주 많이 원하셨지.
나는 그 소원을 이루었지만 내 꿈은 질식했지."

하지만 그는 자기 꿈이 무엇이었는지 언급하지 않았다.

Kaj post mallonga paŭzo lia patro jam spirite konversaciis pri io alia, gaja kaj amuza, kaj Mladen facilanime elspiradis, ĉar finiĝis tiel la serioza familia konversacio pri lia profesio.

Oĉjo Miklos denove plenigas la du glasojn per vino, levas sian glason kare diras:

- Je via sano, junulo. Iam mi deziris viziti vian landon, sed mia plano ne realiĝis kaj tial mi ne sukcesis gustumi la bongustajn bulgarajn vinojn.

- Ankoraŭ ne estas malfrue, oĉjo Miklos. Bulgario estas proksime, sed mi opinias, ke la hungaraj hejmaj vinoj estas pli bongustaj ol la bulgaraj. Mi kore dankas pro la regalo, sed mi devas jam foriri. ⁻ Mladen leviĝas kaj manpremas la sekan manon de la maljunulo, sed en la rigardo de oĉjo Miklos li eksentas etan ombron de ĉagreno. Eble la maljuna najbaro ankoraŭ deziras babiladi. Teda estas la soleco, la homoj pli akre sentas ĝin en la maljuneco kaj eble en similaj varmaj, tristaj kaj silentaj tagoj kiam ĉirkaŭe nek voĉo, nek sono estas aŭdeblaj.

Tri jarojn jam Mladen eĉ foje ne vidis ĉi tie la edzinon de oĉjo Miklos. Kiam kaj kio okazis en ilia familio? Kial tiu ĉi kara maljunulo mem ekzilis sin ĉi tie, sur la silenta Lupamonteto. Eble oĉjo Miklos rakontus al Mladen pri sia familio, sed Mladen rapidas. Jam estas tempo akvumi la arbojn, florojn, legomojn.

그리고 짧은 침묵 뒤 그의 아버지는 이미 정신적으로 다른 즐 겁고 흥겨운 무언가를 이야기했고 믈라덴은 마음 편하게 한숨 쉬었다.

그의 직업에 관한 진지한 가정 대화가 그렇게 끝났기에.

미클로스 아저씨는 다시 포도주로 두 잔을 채우고 자기 잔을 들고 사랑스럽게 말한다.

"건강을 위하여, 젊은이. 언젠가 나는 젊은이 나라를 방문 하 고 싶었어. 하지만 내 계획은 실현되지 못했지. 그래서 맛있는 불가리아 포도주를 맛보는 데 성공하지 못했어."

"아직 늦지 않았습니다. 미클로스 아저씨, 불가리아는 가까워 요. 하지만 헝가리 가정에서 만든 포도주가 불가리아 것보다 더 맛있다고 생각합니다. 대접에 진심으로 감사드립니다. 벌써 가 봐야 해서요."

믈라덴은 일어나서 노인의 마른 손을 잡았다.

미클로스 아저씨의 눈빛에서 걱정스러운 작은 그늘을 느꼈다.

아마 이웃 노인은 아직 수다를 떨고 싶다.

외로움은 지겹고 사람들은 늙으면서 그것을 더 예민하게 느낀 다. 아마 비슷한 더위, 슬픔, 조용한 날에 주위에서 사람 소리 도 들리지 않을 때.

벌써 3년간 한 번도 미클로스 아저씨의 부인을 여기서 본 적 이 없다.

그들 가정에 언제 무슨 일이 있었을까?

왜 이 친절한 노인은 여기 늑대 언덕에서 혼자 유배할까?

아마 미클로스 아저씨는 그의 가정에 대해 믈라덴에게 말할 것이다. 하지만 믈라덴은 서둘렀다.

벌써 나무, 꽃, 채소에 물 줄 시간이다.

Eble ankaŭ la patro de Malden deziris jam rakonti al Mladen pri sia infaneco, sed Mladen neniam havis paciencon kaj deziron aŭskulti lin, ĉar al la patraj paroladoj Mladen rigardis kiel al 'edifoj' senkomencaj kaj senfinaj.

"Trankvila familia vivo" - subite rememoras Mladen la vortojn de Anna. Ĉu ankaŭ la trankvila familia vivo ne povas fariĝi iam ekzilo por unu el la membroj de la familio? Mladen elkreskis en trankvila familio, sed kial li ofte sentis la kaŝitan ĉagrenon de sia patro? En ilia familio ĉio estis en ordo, sed kio mankis por lia patro, kio igis lin rigardi al la vivo kiel al delonge finita kanto?

Ne. Mladen ne deziras iam diri la vortojn ke en malbonan direkton iris lia vivo. Mladen gvidos sian aviadilon. "Mirinda estis mia sonĝo. Ĉu ne?" – ridete diras li al si mem. "Mi belege flugis."

Sed jam vere estas tempo por la akvumado. Mladen rimarkas, ke en la ĝardeno de lia bopatro Anna faras sunbanojn, sed de tempo al tempo ŝi rigardas al la dometo de oĉjo Miklos. Anna bone scias, ke oĉjo Miklos kaj Mladen gustumas la pasintjaran vinon de oĉjo Miklos kaj tio ne tre plaĉas al ŝi. Cetere Anna ĉiam rigardis iomete malestime al oĉjo Miklos. Por ŝi li estas malzorgema, iomete drinkema kaj ne tre parolema.

아마 믈라덴의 아버지도 언젠가 믈라덴에게 자기 어릴 적 이야기를 하고 싶지만, 그것을 들을 참을성이나 소망을 결코 믈라덴이 가지고 있지 않았다.

아버지의 말을 믈라덴은 시작도 끝도 없는 감화라고 여길 것이기에.

편안한 가정생활, 믈라덴은 갑자기 안나의 말을 기억한다.

편안한 가정생활도 가정구성원 누군가에게 언젠가 유배지가 될 수 없을까?

믈라덴은 편안한 가정에서 자랐지만 왜 그는 아버지의 숨겨진 걱정을 자주 느꼈는가?

그들 가정에서 모든 것은 제자리였지만 아버지에게 무엇이 부족하고 무엇이 그에게 인생을 오래전에 끝난 노래처럼 보게 했는가? 아니다.

믈라덴은 언젠가 그의 인생이 나쁜 방향으로 갔다고 말하고 싶지 않았다.

믈라덴은 자기 비행기를 이끌 것이다.

'내 꿈은 놀랍다. 그렇지?' 그는 웃으며 혼잣말했다.

나는 잘 날았다. 하지만 벌써 진짜로 물 줄 시간이다.

믈라덴은 장인 정원에서 안나가 일광욕하고 때로 미클로스 아저씨 오두막을 바라보는 것을 알아차렸다.

안나는 미클로스 아저씨와 믈라덴이 미클로스 아저씨의 작년 포도주를 맛보고 있는 것을 잘 알지만, 그것이 그녀 마음에 아주 많이 들지 않다.

게다가 안나는 미클로스 아저씨를 늘 조금 깔보듯 쳐다본다. 그녀에게 그는 잘 돌보지 않고 조금 술을 좋아하고 아주 수다스럽지는 않았다.

Vere ke Anna neniam konfesis tiujn siajn pensojn al Mladen, sed Mladen sentas, ke preskaŭ tiamaniere Anna rigardas al ilia maljuna, soleca najbaro. Bedaŭrinde ke Anna nur tion forgesas, ke antaŭ 40 jaroj oĉjo Miklos estis alta, svelta, juna advokato,

Mladen diligente akvumis la tutan ĝardenon kaj dum jom da tempo li silente kontempladis sian etan geranion sur kies verdaj folietoj tenere tremis la kristalaj akvaj gutoj. Kelkaj folietoj de la geranio estis flavaj kaj Mladen nevole demandis sin ĉu ĝis la venonta dimanĉo la geranio ne forvelkos.

Post la akvumado en la ĝardeno, freŝa diafana ondo kvazaŭ trapasas en la aero kaj kelkajn minutojn ili povas pli libere kaj trankvile spiri. Dum kelkaj minutoj la sunradioj ne pikas tiel arde, sed en profunda trista silento kuŝas la tuta monteto.

사실 안나는 믈라덴에게 자기 생각을 결코 고백하지 않지만 믈라덴은 안나가 거의 그런 식으로 늙고 외로운 이웃들을 본 다고 느낀다.

40년 전에 미클로스 아저씨는 키가 크고 날씬하고 젊은 변호 사였음을 안나가 항상 잊어서 유감이다.

믈라덴은 부지런히 모든 정원에 물을 주고 얼마 동안 조용히 수정 같은 물방울이 부드럽게 떨고 있는 푸른 잎을 가진 작은 제라늄을 응시한다.

제라늄의 몇몇 잎은 누렇다.

의도하지 않게 오늘 일요일까지 제라늄이 시들지 않을까? 믈 라덴은 궁금했다.

정원에 물을 준 뒤 신선하고 투명한 파도가 마치 공기로 퍼져 간 듯했다.

몇 분간 그들은 더 자유롭게 편안하게 숨 쉴 수 있다.

몇 분 동안 햇볕이 그렇게 뜨겁게 찌르지 않는다.

하지만 깊고 슬픈 침묵이 온 정원을 덮는다.

12.

Lunde posttagmeze ekpluvis. Ekpluvis neatendite. Nesentebla vento alportis pezajn grizajn nubojn kaj kvazaŭ grandega aglo potence eksvingis vastajn flugilojn super la urbo.

Ekpluvis malrapide, sed iom post iom la pluvaj gutoj fariĝis pli grandaj kaj pli grandaj kaj kiel kugloj komencis klaki sur la asfaltitaj stratoj. La stratoj senhomiĝis, sed en tiu ĉi subita maja pluvo estis io ĝoja kaj gaja. La pluvtuboj kvazaŭ ekkantis, la pezaj pluvaj gutoj ektamburis sur la fenestraj vitroj kaj rapidaj torentoj ekfluis sur la stratoj.

Post la longa, unumonata varmego la urbo kvazaŭ profunde libere ekspiris. La torenta maja pluvo ellavis la domojn, la pontojn, la arbojn kaj liberigis ilin de la sufoka polva tavolo. Plumbkolora diafana, krepusko vualis la urbon sed sur tiu ĉi malhela fono la arboj kaj montetoj de Buda aspektis pli verdaj kaj freŝaj. Sub la densa pluva kurteno la budapeŝtaj pontoj brilis kiel miraklaj ĉielarkoj kaj multaj ombreloj, similaj al buntaj floroj, trapasadis sur ili.

Danubo pliiĝis kaj ĝia nivelo horon post horo pli kaj pli leviĝis. la fabela forto kvazaŭ levis la ŝipojn, kiuj estis ĉe la havenoj kaj oni havis la strangan senton, ke tiuj grandaj ŝipoj staras sur la bulvardo ĉirkaŭ la rivero.

12. 황금비

월요일 오후에 비가 내렸다. 기대하지 않게 비가 내렸다.

느낄 수 없는 바람이 무거운 회색 구름을 몰고 와 마치 거대한 독수리처럼 힘 있게 도시 위로 넓은 날개를 흔들었다.

천천히 비가 내렸지만 조금씩 빗방울이 더 커지고 더 커져 콩알처럼 아스팔트 도로 위로 탕탕거리기 시작했다.

도로에는 사람이 없지만, 이 갑작스러운 5월 비는 무언가 즐겁고 기쁜 것이다.

빗물관은 마치 노래하듯 했고 무거운 빗방울은 창유리를 북치듯 했고 급속한 물 흐름이 도로 위를 흘러넘쳤다.

긴 한 달간의 무더위 뒤라 도시는 마치 깊이 자유롭게 숨 쉬듯 했다.

급류가 된 5월 비는 집, 다리, 나무를 씻고 질식하는 먼지층에서 그들을 자유롭게 했다.

납색 투명한 석양이 도시를 뒤덮고 이 어두운 배경에서 나무와 부다 언덕은 더 푸르고 신선하게 보인다.

짙은 비의 커튼 아래서 부다페스트의 다리는 놀라운 무지개처럼 빛난다.

여러 가지 꽃 같은 많은 우산이 다리 위로 지나가고 있다.

다뉴브강물은 점점 늘어나 그 높이는 시간이 갈수록 더 올라갔다.

어떤 동화 같은 힘이 항구에 있는 배를 마치 올리는 듯했다. 그래서 집 주변 가로수길에 커다란 배가 서 있는 이상한 느낌이 들었다.

Rapide fluis la malklaraj akvoj de Danubo kaj en tiu ĉi freneza fluado la granda rivero minacis forlasi sian riverujon kaj libere impete inundi la urbon. La rivero, kiu longajn jarojn kviete fluis en sia riverujo, instigita nun de la torenta maja pluvo, kvazaŭ ekribelis kontraŭ la betonaj digoj ĉe la bordo, kontraŭ la ŝtalaj pontoj, kiuj peze pendas super ĝi, kontraŭ la ŝipoj, kiuj vagas sur ĝi, eĉ kontraŭ sia monotona kaj senĉesa fluo tra la samaj landoj, urboj kaj vilaĝoj. Tage, ĉe la bordoj de Danubo, oni povis vidi multajn homojn, kiuj maltrankvile rigardis la malhelajn akvojn de la rivero. En iliaj rigardoj videblis scivolo kaj timo.

Unu monaton la homoj sopiris pluvon, torentan freŝan pluvon, sed nun la penso pri inundo serioze maltrankviligis ilin. Nur la infanoj estis gajaj kaj senzorgaj. Ili unufoje en sia vivo vidis la inunditajn stratojn, ĉe la bordo de Danubo, kaj mire rigardis la grandajn ŝipojn, kiuj malsuprenigas siajn fumtubojn, trapasante sub la pontoj.

Tiun ci nokton Mladen longe ne povas ekdormi. Ekstere la pluvo jen plifortiĝas, jen kvietiĝas kiel agrabla intima susuro, kvazaŭ iu longe rakontas amuzan historion sen komenco kaj sen fino. La pluva murmuro karesas Mladenon kaj li nevole, denove kaj denove, rememoras la unuan strofon de unu sia poemo, kiun li verkis antaŭ kelkaj jaroj:

다뉴브의 탁한 물이 빠르게 흐르고 이 미친 듯한 흐름 속에서 큰 강은 강에서 벗어나 자유롭게 비약적으로 도시에 범람하리라 위협했다.

오랜 세월 강에서 조용하게 흐른 강물은 지금 급류 같은 5월 비에 마치 흥분되어 경계선 옆 콘크리트 제방을 대항해, 그 위에 무겁게 걸려있는 철로 된 다리를 대항해, 위에서 헤매고 있는 배를 대항해, 같은 나라, 도시, 마을을 거쳐서 단조롭게 쉼 없이 흐름에 대항하기까지 반항하는 듯했다.

낮에 다뉴브 경계선에서 강의 탁한 물을 조용히 바라보는 많은 사람을 볼 수 있다.

그들의 눈빛에서 호기심과 두려움을 볼 수 있다.

한 달 동안 사람들은 비, 시원한 폭우를 소망했지만 지금 범람하는 생각이 매우 그들을 걱정스럽게 한다.

오직 어린이들만 즐겁고 걱정 없다.

그들은 삶에서 처음으로 다뉴브 경계선에서 넘치는 도로를 보고 다리 밑을 지나가면서 연기관을 내리고 있는 커다란 배를 놀라서 바라본다.

이 밤 믈라덴은 오랫동안 잘 수 없었다.

밖에 비는 혹은 더 세지고 혹은 마치 누군가 시작도 끝도 없이 즐거운 역사를 오래도록 이야기하는 것처럼 상쾌하고 친밀한 살랑대는 소리처럼 조용하다.

비의 중얼거림이 믈라덴을 어루만지고

그는 의도하지 않게 다시 또다시 몇 년 전 그가 쓴 시 한 편의 첫 구절을 기억한다.

Ekstere pluvas, pluvas malrapide,
forpasas niaj karaj sunaj tagoj,
la fenestroj ploras triste,
larmoj estas frostaj kaj amaraj.

Tiu ĉi eta strofo subite aperis en lia konscio dum unu pluva tago kiam li kaj Anna estis en la somera tendaro ĉe la maro. Pluvis. Mladen estis sola en la ĉambro. Pluvaj strioj fluis sur la fenestraj vitroj kaj en la malproksimo la maro similis al grandega ŝmirita blua makulo. Profunda silento regis en la ĉambro kaj stranga sento obsedis Mladenon. Iom post iom la objektoj ĉirkaŭ li komencis malrapide malproksimiĝi. La maro kiu aspektis kiel malklara makulo fariĝis pli eta kaj pli eta ĝis kiam ĝi tute fandiĝis en la senlima spaco. Mladen eksentis sin senforta kaj frivola, kvazaŭ ankaŭ li iom post iom malaperas, simile al la somero, kiu tagon post tago, minuton post minuto dronas en la pasintecon kaj nur unu sola amara rememoro restos pri ĝi. Sed nun tiu ĉi torenta maja pluvo ne sugestas melankolion. Male, la anhela pluva susuro vekas en Mladen dolĉan antaŭsenton pri io nova kaj ĝoja. En la infana lito Emil beate dormas. Ia kvieta ĝojo kaj kontento lumigas lian anĝelan vizaĝon kaj tiu ĉi infana trankvilo nesenteble penetras en Mladenon kaj plene obsedas lin.

밖에는 비가 천천히 내리네.
사라지네 사랑스러운 해가 비추는 낮이.
창은 슬프게 우네.
눈물은 서리가 되어 쓰라리네.

이 작은 구절이 그의 의식 속에 갑자기 나타났다.
그때 그와 안나는 바닷가 여름 천막에 있었다. 비가 내린다.
믈라덴은 혼자 방에 있다.
빗줄기가 창유리 위로 흐른다. 멀리서 바다는 파랗게 칠한 거대한 얼룩 같다.
깊은 침묵이 방을 지배하고 이상한 느낌이 믈라덴을 괴롭혔다. 조금씩 그 주위 물체가 천천히 멀어지기 시작했다.
탁한 얼룩처럼 보이는 바다는 끝없는 공간에서 완전히 녹을 때까지 점점 더 작아진다.
믈라덴은 자신이 힘없고 천박하다고 느꼈다.
마치 그도 조금씩 사라진 것처럼.
날이 지나고 분이 지나고 과거로 잠기고 오직 하나의 쓰라린 기억으로 남을 여름처럼.
그러나 지금 이 급류 같은 5월 비는 우울함을 주지 않는다.
반대로 헐떡이는 비의 살랑거림이 믈라덴에게 뭔가 새롭고 즐거운 달콤한 예감을 깨운다.
어린이 침대에서 에밀은 복 받은 것처럼 자고 있다.
뭔가 조용한 기쁨과 만족이 그의 천사 같은 얼굴을 밝게 비추고 이 어린아이의 편안함이 어느새 믈라덴에게 파고들어 그를 가득히 장악한다.

13.

Sabate matene brila suno vekas la urbon. Ne pluvas kaj la plumbkolora diafana vualo kvazaŭ vaporiĝis dum la antaŭa nokto. La tegmentoj de la multetaĝaj domoj blindige brilas, kvazaŭ fajna ora tavolo kovrus ilin. La verdo de Buda-montetoj allogas kaj freŝa odoro saturas la aeron. Same kiel hieraŭ kaj antaŭhieraŭ, Danubo fluas akvoplena, sed en la hodiaŭa suna tago la granda rivero ne aspektas jam danĝera. La ĉielo estas profunda kaj pura kiel neniam ĝis nun kaj ankaŭ la okuloj de Anna pli helas kaj bluas.

La patro de Anna preskaŭ du semajnojn jam ne estis en la ĝardeno. Dimanĉe matene li vekiĝis plej frue el ĉiuj hejme. Tra la fermita pordo de la banejo Mladen aŭdas la bruon de lia elektrika memrazilo kaj Mladen sentas, ke lia bopatro rapidas pli frue hodiaŭ ekiri al Lupa-monteto.

Tiun ĉi dimanĉon eĉ ankaŭ Mladen sopiras pli baldaŭ vidi la etan someran dometon en ilia ĝardeno. Lia rigardo soifas la verdan trankvilon de Lupa-monteto kaj Mladen sentas, ke la ĝardeno denove allogas lin tiel, kiel antaŭ tri jaroj. Mladen nevole rememoras pri sia geranio. Hieraŭ li ricevis leteron el Bulgario, leteron de sia patrino. Ĝoja letero, kiel ĉiuj leteroj, skribitaj per ŝia iomete maltrankvila mano.

13. 정원에서 생긴 일

토요일 아침에 빛나는 해가 도시를 깨운다.

비가 오지 않고 납색 투명한 커튼이 지난밤 동안 사라진 거 같다.

고층건물의 지붕도 마치 아름다운 황금층이 그들을 덮은 것처럼 눈을 멀게 빛난다.

부다 언덕의 푸름이 매혹적이고 신선한 냄새가 공기에 가득하다. 어제와 그저께와 마찬가지로 다뉴브는 물이 가득하여 흐르지만, 오늘처럼 해가 나온 날에 커다란 강은 벌써 위험하게 보이지 않는다.

하늘은 깊고 지금까지 그 어느 때보다 맑고 안나의 눈 역시 더 붉고 파랗다.

안나 아버지는 거의 2주간 정원에 가지 않았다.

일요일 아침에 그는 집안 모든 사람 좀 가장 먼저 깨어났다.

욕실의 닫힌 문을 지나 믈라덴은 그의 자동 전기면도기 소음을 듣고 그의 장인이 오늘 늑대 언덕으로 더 빨리 가려고 서두른다고 느낀다.

이 일요일에 믈라덴 역시 그들 정원에서 작은 여름 오두막을 보기를 소망한다.

그의 시선은 늑대 언덕의 푸른 편안함을 갈망하고 믈라덴은 3년 전과 마찬가지로 정원은 다시 그를 끌어당길 것을 느낀다.

믈라덴은 의도하지 않게 자기 제라늄을 기억한다.

어제 그는 불가리아에서 그의 어머니 편지를 받았다.

모든 편지처럼 즐거운 편지는 그녀의 조금 떨리는 손으로 쓰였다.

Lia patrino skribis, ke ŝi fieras pri Emil, ĉar li kreskas forta kaj sana. Ŝi skribis, ke somere ŝi nepre vizitos Hungarion kaj preskaŭ monaton ŝi pasigos kun ili. Kaj kiel kutime, ŝi eĉ ne unu vorton skribis pri tio, ke ŝi senĉese pensas pri Mladen, ke iam eĉ kaŝe ŝi ploras.

Ŝia letero estis ĝoja letero, sed en la plej granda ĝojo ĉiam eniĝas iomete da doloro. "Estu bona, filo mia, ĉar mallonga estas la homa vivo." skribis la patrino kaj nur per du frazoj ŝi sciigis lin pri la morto de sia bona amikino kaj pri la morto de sia malproksima parenco. Tiu ĉi doloro estis nur ŝia doloro kaj ŝi ne deziris maltrankviligi sian filon, sed de ŝiaj du mallongaj vicoj Mladen pli profunde eksentis la suferon de la patrina koro.

"Estu bona, filo mia..." – longe aŭdis li la molan voĉon de sia patrino.

Post la ora maja pluvo Lupa-monteto malavare kaj gastame malfermas sian friskan sinon. Multaj aŭtoj renkonte preterpasas sur la mallarĝaj vojoj de la monteto. La konata vigla bruparolo alflugas de la ĝardenoj kaj vivigas la tutan monteton. Kantbirdoj senzorge pepas en ankoraŭ malsekaj branĉoj de la arboj.

De malproksime Mladen, Anna kaj ŝiaj gepatroj mire rimarkas ke multaj homoj staras antaŭ la ĝardeno de Viktor.

그의 어머니는 에밀이 튼튼하고 건강해서 자랑한다고 썼다.
그녀는 썼다. 여름에 꼭 헝가리를 방문해서 거의 한 달 그들
과 지내겠다고.

그리고 습관처럼 그녀는 믈라덴에 관해 쉼 없이 생각하고 언
젠가 숨어서 울었다고 한 말도 쓰지 않았다.

그녀의 편지는 즐거운 편지지만 가장 커다란 기쁨 속에는 항
상 얼마간의 고통이 들어있다.

'잘 지내, 내 아들. 인생은 짧으니까.' 어머니가 썼다.

오직 두 문장으로 그에게 좋은 여자 친구의 죽음을, 먼 친척
의 죽음을 알렸다.

이 고통은 오직 그녀의 아픔이고 아들을 걱정하게 하고 싶지
않았다.

하지만 두 개의 짧은 문장에서 믈라덴은 어머니 마음의 고통
을 더 깊게 느꼈다.

"잘 지내, 내 아들."

그는 오랫동안 어머니의 부드러운 목소리를 들었다.

황금 같은 5월 비 뒤 늑대 언덕은 욕심 없이 손님을 사랑하듯
자기 즐거운 속내를 연다.

많은 차가 언덕의 좁은 길에서 만나며 서로 지나간다.

알려진 활기찬 떠드는 말이 정원에서 날아다니고 모든 언덕을
활기차게 만들었다.

노래하는 새는 걱정 없이 아직 젖어있는 나뭇가지 위에서 지
저귄다.

멀리서 믈라덴, 안나, 그녀의 부모는 놀라서 알아차렸다.

빅토르 정원 앞에 많은 사람이 서 있는 것을.

Ili vigle, emocie klarigas ion al du milicanoj kaj inter ili Viktor incite svingas manojn kaj preskaŭ krias al la milicanoj: - Kamaradoj, vi estas devigataj ankoraŭ hodiaŭ kapti tiun bandon. Hieraŭ aŭ antaŭhieraŭ ili eniris en niajn ĝardenojn, disrompis la pordojn, prirabis niajn vilaojn kaj morgaŭ tiu sama bando povas prirabi la domojn en iu alia kvartalo de la urbo.

- Ni petas trankvilon, sinjoroj. - provas estigi silenton la pli maljuna milicano, viro altstatura kun nigraj severaj lipharoj. - Nia devo estas unue espori la lokon de la incidento. Ni devas konstati kiaj objektoj estas ŝtelitaj kaj kjamaniere la ŝtelistoj disrompis la pordojn de la vilaoj. Kaj nur poste jam, per niaj metodoj ni povas trovi kaj aresti la krimulojn.

- Jen mia vilao, bonvolu veni kaj trarigardi ĉion. - senpacience intermetas Viktor kaj montras la pordon de sia ĝardeno.

- Momenton. - aŭtoritate diras la liphara milicano kaj turnas sin al la homoj kiuj ĉirkaŭas lin. - Sinjoroj, kiuj aliaj konstatis pordorompon en siaj vilaoj?

- Mi, sinjoro milicano. - aŭdiĝas konata voĉo kaj oĉjo Arpad ekstaras antaŭ la du milicanoj. - Ankaŭ la pordo de mia ĝardeno estas rompita. La fenestro de mia dometo ankaŭ estas rompita kaj la ŝtelistoj barbare malordigis la tutan mian dometon kaj ĝardenon.

- Ankaŭ en mia vilao ili estis... - aŭdiĝis alia voĉo.

그들은 활기차게 감정적으로 두 군인에게 무언가를 설명한다. 그들 사이에 빅토르는 화를 내며 손을 흔들고 군인에게 거의 소리친다.

"친구들이여, 당신들 의무는 이 무리를 오늘 잡는 것이다. 어제나 그제 그들이 우리 정원에 들어와서 문을 부수고 우리 빌라를 도둑질하고 내일 그 같은 무리가 우리 도시의 다른 지역 누구 집에 도둑질할 수 있다."

"조용히 해 주세요, 선생님." 검은 수염에 키가 큰 더 나이든 군인이 조용하게 한다.

"우리 의무는 첫째, 사건 장소를 조사하는 겁니다. 어떤 물건이 도둑맞았는지 어떤 식으로 도둑이 빌라 문을 부수었는지 확인하는 겁니다. 그리고 조금 뒤 우리 방법으로 범인을 찾아 잡을 수 있습니다."

"여기 우리 빌라가 있어요. 이리 와서 전부 살펴보세요." 빅토르가 참지 못하고 끼어들며 자기 정원 문을 가리킨다.

"잠깐요." 권위 있게 수염 있는 군인이 말하며 그를 둘러싼 사람에게 몸을 돌린다.

"선생님, 자기 빌라에서 문이 부서진 것을 확인한 다른 분 계신가요?"

"나요, 군인" 아는 목소리가 들린다.

아르파드 아저씨가 두 군인 앞에 선다.

"우리 정원 문도 부서졌어요.
내 오두막의 창 역시 부서져 있고, 도둑은 야만스럽게 내 모든 오두막과 정원을 어지럽게 했어요."

"역시 내 빌라도 그래요" 다른 목소리가 들린다.

- Ankaŭ en mia ĝardeno... - kolere ekkrias tria viro.

- Ni petas trankvilon, sinjoroj. ¯ denove plialtigas voĉon la pli maljuna milicano. - Ni trarigardos ĉiujn ĝardenojn kaj ni detale esploros la incidenton. Nun ni afable petas ĉiujn vin, iru hejmen kaj ne ĝenu nian laboron.

La du milicanoj kun Viktor, sekvataj de kelkaj scivolemaj najbaroj, eniras en la ĝardenon de Viktor. Aliaj homoj restas sur la strato kaj vigle daŭrigas la komentarion de la stranga kaj neatendita incidento sur Lupa-monteto.

Mladen kaj lia bopatro ekiras al ilia ĝardeno, sed ankoraŭ de la ĝardena pordo ili komprenas, ke la neatenditaj noktomezaj "gastoj" ne sen spuroj preterpasis ankaŭ ilian ĝardenon kaj someran dometon.

La celo de la ŝtelistoj kvazaŭ estis trapasi ĝuste tra la bedoj kaj tial la bedoj por legomoj kaj por floroj aspektas kiel freŝe plugitaj. La nekonatoj kruele tretis la florojn, elradikigis legomojn, disĵetis ilin al diversaj flankoj, rompis branĉojn de la fruktaj arboj... Ili rompis la malgrandan fenestron de la dometo kaj tra ĝi eniris en la ĉambron. Eble nokton aŭ du, dum la pasintsemajna torenta pluvo, ili pasigis en la dometo. Eble ĉi tie ili dormis kaj sur la litkovriloj estis videblaj spuroj de kotmalpuraj ŝuoj.

"역시 내 정원에도." 화가 나서 세 번째 남자가 소리친다.
"조용히 해 주세요. 선생님." 다시 더 나이든 군인이 목소리를 높인다.

"우리가 모든 정원을 둘러볼 것이고, 자세히 사건을 조사할 겁니다. 지금 집으로 가시고 우리 일을 성가시게 하지 말라고 모두에게 정중하게 부탁합니다."

두 군인은 빅토르와 함께 호기심 있는 이웃 몇 명이 뒤따른 채 빅토리의 정원으로 들어간다.

다른 사람들은 거리 위에 남아 활기차게 늑대 언덕의 이상하고 예기치 않은 사건에 대해 논평을 계속한다.

플라덴과 그의 장인은 그들 정원으로 갔지만, 아직 정원 문에서 기대하지 않은 한 밤의 손님이 흔적을 남기고 그들 정원과 여름 오두막을 지나갔음을 깨달았다.

도둑의 목적은 마치 화단을 바로 지나가는 것인 듯했다.

그래서 채소와 꽃 화단은 새로 경작한 것처럼 보인다.

모르는 사람은 잔인하게 꽃을 밟고 채소를 뿌리째 뽑고 그것들을 사방으로 던지고 과일나무 가지를 부수었다.

그들은 오두막 작은 창을 깨고 거기를 지나 방으로 들어갔다. 아마 하루나 이틀 밤 지난주의 폭우 동안 그들은 오두막에서 지냈다.

아마 여기서 그들은 자고 침대 덮개 위에는 진흙의 더러운 신발 자국이 보인다.

Ili elprenis el la ŝranko botelojn da brando kaj vino, ili drinkis kaj poste fraksasis la botelojn en la mezo de la ĉambro kaj la tuta dometo abomene odoris de vino, brando kaj cigaredoj. Nenio estis ŝtelita kaj aspektis tiel, ke la nekonataj buboj nur celis detrui la trankvilon de tiu ĉi eta dometo, kiu kuŝas kviete sub la branĉoj de la olda poma arbo.

Kiam la patro de Anna vidis tiun ĉi bakanalon li ektremis, kvazaŭ glacia norda vento alblovis de la ĝardeno. Liaj palaj lipoj apenaŭ elbalbutis: "Detrui estas facile..." Kaj li tuj iris diri al la milicanoj, ke oni estis ankaŭ en lia ĝardeno.

Anna kaj ŝia patrino staras antaŭ la dometo kaj ne kuraĝas eniri en ĝin, kvazaŭ tie ankoraŭ kaŝiĝus iu. Iliaj vizaĝoj estas forvelkitaj.

Mladen detale trarigardas la tutan ĝardenon. Li haltas antaŭ la rompita fenestro. Eble oni provis elligi la kadron de la tuta fenestro, sed ne sukcesis kaj tial nun la fenestro pendas kiel rompita brako. De tie la nekonatoj eniris kaj eliris el la dometa. Sub la fenestro estas la flora bedo kaj tie sur la poreca malseka tero videblas spuroj de diversaj ŝuoj. La floroj en la bedo estas tretitaj, sed hazarde nur la bulgara geranio restis eĉ ne tuŝita.

Mladen kliniĝas kaj atente trarigardas sian geranion.

그들은 선반에서 브랜디와 포도주병을 꺼내 마시고 나중에 병들을 방 가운데에 깨뜨렸다.

그리고 모든 오두막은 포도주, 브랜디, 담배 냄새가 더럽게 진동했다. 도둑맞은 것은 없다.

오래된 사과나무 가지 아래서 조용하게 누워 있는 작은 오두막의 편안함을 부수는 것이 모르는 개구쟁이의 목적인 듯했다.

안나 아버지는 이 술 파티를 보고 마치 차가운 북풍이 정원에서 부는 것처럼 떨었다.

그의 창백한 입술은 거의 더듬거렸다.

'파괴는 쉽지.'

그리고 그는 곧 군인에게 자기 정원에도 왔었다고 말하러 갔다.

안나와 그의 어머니는 오두막 앞에 서서 마치 거기에 아직 누가 숨어있는 듯해서 감히 그 안으로 들어가지 못했다.

그들의 얼굴은 벌써 시들었다.

믈라덴은 자세히 모든 정원을 둘러보았다.

그는 부서진 창 앞에 섰다.

아마 모든 창틀을 꺼내려고 한 것 같은데 성공하지 못했다.

그래서 지금 창은 부서진 팔처럼 걸려있다.

거기로 모든 사람은 들어가고 오두막에서 나왔다.

창 아래 화단이 있고 거기에 공기가 있는 젖은 땅 위에 여러 신발 자국이 보인다.

믈라덴은 고개를 숙여 주의해서 자기 제라늄을 살폈다.

La folietoj de la geranio estas verdaj, freŝaj kaj ŝajnas al li, ke dum la pasintaj du semajnoj, sur la tenera tigo de la geranio elkreskis du etaj folioj.

제라늄의 작은 꽃잎은 푸르고 신선하고, 지난 2주 동안 제라늄의 부드러운 줄기 위에 두 개의 작은 꽃잎이 나온 듯했다.

14.

Dimanĉe posttagmeze denove ekpluvis. Matene estis suno kaj serena ĉielo, sed posttagmeze, pezaj pluvaj gutoj subite ekrosigis la teron. Antaŭ la fenestroj denove falis la malĝoja griza kurteno kaj friska pluva blovo penetris en la loĝejon.

Por Emola ankaŭ la hodiaŭa dimanĉo forpasis kiel sopiro. Matene malfrue ŝi vekiĝis, preparis la tagmanĝon kaj post la tagmanĝo Antal denove fermiĝis en sia kabineto. Nun lia skribmaŝino rapide klakas, la pluvaj gutoj freneze tamburas sur la fenestroj kaj en la tuta loĝejo Emola ne trovas trankvilon. Ŝi provas legi, sed post minuto aŭ du fermas la libron kaj ekstaras ĉe la fenestro. Ekstere torente pluvas. La gastĉambro dronas en silento kaj krepusko. La barokaj mebloj aspektas pli malhelaj kaj kvazaŭ frido alblovas de la alta bruna ŝranko. La kvar foteloj okupas preskaŭ la tutan ĉambron kaj la pejzaĝo kiu pendas dekstre de la ŝranko sugestas melankolion. Eble ĝia titolo estas "Aŭtuno"

aŭ io simila, ĉar la bildo prezentas padon en densa arbaro. Tavolo el sekaj folioj kovras la teron. Multaj arboj en la perspektivo interplektas branĉojn kaj tial ne videblas la ĉielo. Flavaj, oranĝaj kaj oraj koloroj aldonas silentan malĝojon al tiu ĉi flava aŭtuna arbaro.

14. 우울한 에몰라

일요일 오후에 다시 비가 내렸다.

아침에 해가 나오고 조용한 하늘인데 오후에 무거운 빗방울이 갑자기 땅에 이슬을 맺히게 했다.

창 앞에 다시 슬픈 회색 커튼이 떨어지고 시원한 비바람이 숙소 안으로 들어왔다.

에몰라에게 오늘 일요일은 소망처럼 사라졌다.

아침 늦게 그녀는 일어나 점심을 준비하고 점심 먹은 뒤, 안탈은 다시 서재 문을 닫았다.

지금 그의 타자기는 빠르게 소리 나고 빗방울은 미친 듯이 창 위에서 북 소리를 내어 집에서 에몰라는 편안하지 않았다.

그녀는 읽으려고 했지만 일이 분 뒤 책을 닫고 창 옆에 섰다.

밖에는 폭풍우가 내린다.

응접실은 침묵과 여명 속에 잠겨 있다.

바로크식 가구는 더 어둡게 보이고 마치 높은 갈색 선반에서 찬바람이 부는 것 같다.

안락의자 4개가 거의 모든 방을 차지하고 선반의 오른쪽에 걸려있는 풍경화는 우울함을 제시한다.

아마 그의 제목은 가을이거나 비슷한 어떤 것이다.

그림이 무성한 숲이 있는 오솔길을 보여 주기에.

마른 나뭇잎 층이 땅을 덮었다.

전경에 보이는 많은 나무는 가지를 서로 엮어서 하늘이 보이지 않는다.

노랗고, 주황색 그리고 황금색이 이 노란 가을 숲에 조용한 슬픔을 더 한다.

Stranga imago obsedas Emolan. Ŝi vidas sin kiel 15jara knabino en ia simila densa arbaro. Ĉe ŝi staras blondharara knabo, kiŭ proksimigas siajn lipojn kaj kisas ŝin subite. La knabo anhele ekflustras "Mi amas vin" kaj freneze forkuras. Ĉu tion ŝi sonĝis aŭ vere okazis iam en ŝia vivo? Emola ne memoras. Ŝi malofte estis en arbaro. Ŝi naskiĝis en urbo kaj en ŝiaj infanaj rememoroj estas nur mallarĝaj urbaj stratoj kaj altaj grizaj domoj. Ŝi eĉ ne scias kiel odoras la folioj en la aŭtuna arbaro. Kaj tiu knabo, kiam kaj kie ekflustris al ŝi "Mi amas vin".

La skribmaŝino en la alia ĉambro senlace klakas. Antal tage kaj nokte laboras kaj li delonge jam ne rimarkas kia vetero estas ekstere. Neniam Antal diris al ŝi "Mi amas vin". Hodiaŭ estas dimanĉo kaj kiel bone estus, se Antal subite venus kaj kisus ŝin. Bone estus se ili prenus la ombrelojn kaj kune irus ien. Aŭ ili simple promenadu sub la pluvo. Unu longa nokta promenado sub la torenta maja pluvo....

Estis delonge, tre delonge estis kiam foje Emola, ŝia patrino kaj ŝia patro gaje kuris en unu somera pluva vespero. Emola estis eta knabino kaj tiam ŝi kun la gepatroj gastis ĉe iu konata familio. Vespere, kiam ili ekiris hejmen, subite ekpluvis. Ili estis sen ombreloj. Ŝia patro levis Emolan sur siajn ŝultrojn kaj tiel ili triope gaje ekkuris sub la torenta pluvo.

이상한 상상이 에몰라를 괴롭힌다. 그녀는 어느 비슷한 무성한 숲에 있는 15살 소녀인 자신을 본다. 그녀 옆에 금발의 소년이 서 있다. 그는 입술을 가까이하더니 갑자기 그녀에게 입맞춤했다. 소년은 가쁘게 숨을 쉬며 '너를 사랑해'라고 속삭인다. 그리고 미친 듯이 도망친다.

그것을 꿈꿨나 아니면 그녀 삶의 언젠가 실제 있었는가!

에몰라는 기억하지 못한다.

그녀는 가끔 숲에 간다. 그녀는 도시에서 태어나 어린 시절 기억에는 오직 좁은 도시의 거리와 높은 회색 건물뿐이다.

그녀는 가을 숲에 있는 꽃잎이 어떤 냄새인지 알지도 못한다. 그리고 그 소년은 '너를 사랑해'라고 언제 어디서 그녀에게 속삭였는가?

다른 방에 있는 타자기는 지치지 않고 소리 낸다. 안탈은 밤낮으로 일한다. 그는 오랫동안 밖이 어떤 날씨인지 알지 못한다. 안탈은 절대 그녀에게 '당신을 사랑해'라고 말하지 않는다. 오늘은 일요일이다. 안탈이 갑자기 와서 그녀에게 입맞춤한다면 얼마나 좋을까? 그들이 우산을 들고 어딘가로 함께 간다면 좋을 것이다. 아니면 그들은 비아래서 간단히 산책하자. 폭풍우가 된 5월 비 아래 긴 밤의 산책을.

오래전 아주 오래전에 한번은 에몰라, 그녀 어머니, 그녀 아버지가 비오는 여름 저녁에 즐겁게 뛴 적이 있다.

에몰라는 어린 여자아이였고 그때 그녀는 부모님과 함께 어느 아는 가정에 손님으로 있었다. 저녁에 그들이 집으로 갈 때 갑자기 비가 내렸다. 그들은 우산이 없었다. 아버지는 에몰라를 자기 어깨 위에 들어 올리고, 그렇게 그들 셋은 즐겁게 폭풍우 아래서 뛰었다.

Antal laboras kaj lia laboro neniam havos finon. Eĉ kiam ili ripozas ankaŭ tiam li laboras.

"Ne, Antal, mi ne povas mensogi al vi." – mallaŭte ekflustras Emola.

Ŝi bruligas cigaredon, sed malfacile enspiras. De unu jaro ŝi jam sentas, ke estas momentoj en kiuj forta deprimo subite obsedas ŝin. Unue amara agrabla doloro malrapide ekrampas ĉirkaŭ ŝia koro. Post minuto aŭ du ĉi doloro kvazaŭ vaporiĝas kaj eta tremo streĉas ŝian bruston. La tremo kiel elektro trapasas tra ŝia tuta korpo kaj Emola sentas, ke eĉ la plej eta ŝia muskolo rigidiĝas. Migdala gusto plenigas ŝian buŝon kaj en tiuj momentoj ĉiu objekto ĉirkaŭ ŝi kvazaŭ monstre subpremas ŝin. En similaj momentoj Emola deziras ekkrii, ekplori aŭ forkuri, sed pli ofte ŝi restas senmova kiel mumio. Sed nun la migdala gusto en la buŝo pli amaras kaj Emola vane provas neniigi ĝin per la tabaka fumo.

"Mi estas sola, sola..." – stranga voĉo sonas en ŝia konscio.

Ŝi malfermas nerve sian mansaketon, elprenas el ĝi paperon, skribilon kaj rapide skribas:

"Antal, pardonu min, sed morgaŭ, en la universitato, mi provos klarigi al vi ĉion. Emi".

안탈은 일하고 일은 결코 끝이 없을 것이다.

그들이 쉬는 때에도 역시 그는 일한다.

'아니요. 안탈, 나는 당신에게 거짓말할 수 없어요.' 에몰라가 작게 속삭였다.

그녀는 담배에 불을 붙이지만 힘겹게 들이마신다.

1년 전부터 강한 우울이 갑자기 그녀를 괴롭히는 순간이 있음을 그녀는 벌써 느낀다.

처음에 쓰라리고 상쾌한 고통이 천천히 그녀 마음 둘레에 기어든다.

일이 분 뒤 이 고통은 마치 수증기처럼 사라지고 작은 떨림이 그녀 가슴을 긴장시킨다.

전기처럼 떨림이 그녀 온몸으로 지나가고 에몰라는 가장 작은 근육마저 굳어짐을 느낀다.

복숭아 향기가 입안에 가득하고 이 순간 그녀 주변 모든 물체가 마치 괴물처럼 그녀를 압박한다.

비슷한 순간에 에몰라는 소리치고 울거나 멀리 도망가고 싶지만, 더욱 자주 미라처럼 가만히 남아 있다.

하지만 지금 입안의 복숭아 향기가 더 쓰고 에몰라는 담배 연기로 그것을 없애려고 했지만 소용없다.

'나는 외로워, 외로워.' 이상한 목소리가 그녀의 의식에서 들려온다.

그녀는 신경질을 내며 손가방을 열고 거기서 종이, 필기도구를 꺼내 재빨리 쓴다.

'안탈, 용서해 줘요. 하지만 내일 대학에서 당신에게 모든 것을 설명할게요. 에미.'

Ŝi lasas la noteton sur la malgranda tablo kaj foriras, sed post minuto ŝi revenas en la gastĉambron kaj atente metas ĉe la noteto la ŝlosilojn de la aŭtomobilo. Emola silente foriras. Pluvas ankoraŭ kaj ĉio ekstere bluas. Vesperiĝas.

그녀는 작은 탁자 위에 메모지 두고 나간다.

하지만 1분 뒤에 응접실로 돌아와 메모지 옆에 조심스럽게 자동차 열쇠를 두었다.

에몰라는 조용히 떠난다.

아직 비가 내리고 밖은 모든 것이 파랗다. 저녁이다.

15.

De la okcidento la lastaj sunradioj ame kisas la frunton
de Lupa- monteto. Kaj oni kvazaŭ sentas la molajn
paŝojn de la somera vespero, kiu proksimiĝas kun kara
trankvila rideto. Anka tiu ĉi dimanĉa tago nesenteble
forpasas kaj en la velura krepusko ia dolĉa tristo
obsedas Mladenon.

Jam estas monato junio. Forpasis majo, forpasis la
terura sufoka varmego, forpasis la torentaj pluvegoj.
Komenciĝas longa ora somero. Kaj kvazaŭ ĉio okazis
hieraŭ. Kvazaŭ hieraŭ Mladen alvenis en Hungarion.
Kvazaŭ hieraŭ li plantis sian bulgaran geranion en tiu
ĉi malgranda ĝardeno sur Lupamonteto. Kvazaŭ hieraŭ
naskiĝis lia filo. La tempo rapidas, sed ĉio ĉirkaŭ li
estas tiel kiel antaŭ tri jaroj kiam Mladen por unua fojo
enpaŝis en la ĝardenon de sia bopatro. Kaj Mladen jam
ne kredas, ke antaŭ unu semajno en ilia ĝardeno kelkaj
buboj rompis branĉojn de fruktaj arboj, tretis
florbedojn, elradikigis legomojn. Lia bopatro kaj li
denove ordigis la ĝardenon kaj denove en la bedoj
estas floroj kaj tie malantaŭ la somera dometo, sub la
ombro de la pinarbeto modeste klinas foliojn lia bulgara
geranio.

15. 늑대 언덕의 트럼펫

서쪽에서 마지막 햇살이 사랑스럽게 늑대 언덕의 이마를 입맞춤한다.

사랑스러운 편안한 웃음으로 가까이 다가오는 여름 저녁의 부드러운 발걸음을 마치 느끼는 듯했다.

역시 이번 일요일 낮은 알지 못하게 지나가고 우단 같은 여명 속에서 뭔가 달콤한 슬픔이 믈라덴을 괴롭혔다.

이미 6월이다. 5월은 갔다.

잔인하게 숨 막히는 무더위는 지나갔다. 폭풍우도 지나갔다. 오래도록 황금 여름이 시작된다.

마치 모든 일이 어제 일어난 듯했다.

마치 어제 믈라덴이 헝가리에 온 듯했다.

마치 어제 늑대 언덕 위에 이 작은 정원에 불가리아 제라늄을 심은 듯했다. 마치 어제 아들이 태어난 듯했다.

시간은 빠르지만, 그 주변의 모든 것은 믈라덴이 처음 장인의 정원에 걸어 들어온 3년 전처럼 그대로다.

믈라덴은 일주일 전에 그들 정원에 개구쟁이 몇 명이 과일나무 가지를 부수고, 화단을 짓밟고 채소를 뿌리 뽑은 것을 벌써 믿지 않는다.

그의 장인과 그는 다시 정원을 가지런히 하고 다시 화단에는 꽃이 있고 거기 여름 오두막 뒤 소나무 그늘에서 그의 불가리아 제라늄이 소박하게 잎을 숙이고 있다.

Ĉu ankaŭ nia vivo ne similas al eta ĝardeno en kiu ni plantas belajn florojn kaj por kiuj ni senĉese sopiras vivigan sunon kaj bondonan majan pluvon? Tutan vivon ni senlace kultivas la ĝardenojn en niaj animoj. Kaj Mladen nevole rememoras pri Emola. Hieraŭ ŝi gastis ĉe ili. Ŝi estis pala, laca, silentema. Ŝia glata vizaĝo aspektis griza. Ŝi preskaŭ ne parolis. Ŝi nur diris, ke baldaŭ ŝi eksediĝos kaj petis Annan, ke pri nenio alia demandu ŝin. Antaŭ la foriro Emola kisis Emilon kaj ekflustris: "Mia nomada vivo neniam havos finon."

– Mladen, jam estas sepa horo kaj ni devas reveni hejmen, ĉar Emil baldaŭ ekdormos ĉi tie. – aŭdas Mladen la voĉon de Anna.

Kiel ĉiam ankaŭ nun Anna sidas sub la olda poma arbo kaj gaje ludetas kun la infano. Mladen proksimiĝas al ŝi kaj pensas kiel bele estus se iam ili dormus en la ĝardeno. Nur la silento kaj la stela ĉielo estos iliaj dormkovriloj.

Ili ŝlosas la pordon de la ĝardeno kaj malrapide ekiras hejmen. La kurba vojo serpentas al la ŝoseo, inter la silentaj ĝardenoj kaj blankaj someraj dometoj.

Subite, ie proksime, aŭdiĝas trumpeta melodio. Komence ĝi eksonas mallaŭte kaj iom malkuraĝe, sed iom post iom ĝi flue kaj pli flue elverŝiĝas en la vespera trankvilo.

역시 우리의 삶은 예쁜 꽃을 심는 작은 정원과 그것을 위해 끊임없이 살리는 해와 좋은 것을 주는 5월 비를 바라는 것 같지 않은가?

평생 우리는 지치지 않게 우리 마음속 정원을 가꾼다.

그리고 믈라덴은 자기도 모르게 에몰라를 기억한다.

어제 그녀는 그들에게 손님으로 왔다.

그녀는 창백하고 지치고 과묵했다.

그녀의 매끄러운 얼굴은 잿빛으로 보인다.

그녀는 거의 말하지 않는다.

그녀는 곧 이혼할 거라고 단지 말하고 안나에게 아무것도 다른 질문을 하지 말라고 요청했다.

떠나기 전 에몰라는 에밀에게 입 맞추고 속삭였다.

"나의 유목민의 삶은 결코 끝이 없구나."

"믈라덴, 벌써 7시고 우리는 집에 돌아가야 해요. 에밀이 곧 여기서 잠들 테니까." 믈라덴은 안나의 목소리를 들었다.

언제나처럼 지금도 안나는 오래된 사과나무 아래 앉아서 즐겁게 어린아이와 논다.

믈라덴은 그녀에게 다가가 언젠가 그들이 정원에서 잔다면 얼마나 예쁜지 생각한다.

오직 침묵과 별만 있는 하늘이 그들의 이불이 될 것이다.

그들은 정원의 문을 잠그고 천천히 집으로 출발했다.

굽은 길은 고속도로까지 조용한 정원과 하얀 여름 오두막 사이에서 구불구불 이어진다.

갑자기 가까운 어딘가에 트럼펫 가락이 들린다.

처음에 그것은 작게, 조금 용기가 없이 소리 냈지만, 저녁 편안함 속에서 조금씩 흐르듯 더 흐르듯 쏟아져 나온다.

La teneraj lirlaj sonoj karesas la ĝardenojn kaj de la monteto ĝis la steloj traflugas sorĉa melodio. Kaj tiu ĉi trumpeto kvazaŭ fariĝas solo de majesta ĉiela koncerto. Mladen aŭskultas kaj ne kredas al siaj oreloj. Ĉu ĉi tie, sur Lupa-monteto, vere estas iu, kiu ne pensas nur pri tomatoj kaj paprikoj kaj kiu per trumpeta melodio maltrankviligas la vesperan silenton kaj trankvilon?

부드러운 재잘거리는 소리가 정원을 어루만지고 언덕에서 하늘까지 매력적인 가락이 지나서 날아간다.

그리고 이 트럼펫은 마치 위엄 있는 하늘 음악회의 독주 같다. 믈라덴은 듣고 자기 귀를 믿지 않는다.

여기 늑대 언덕에 토마토와 고추에 관해서만 생각하지 않는, 트럼펫 가락으로 저녁의 침묵과 편안함을 무너뜨리는 정말 누가 있는가?

PRI LA AŬTORO

Julian Modest (Georgi Mihalkov) naskiĝis la 21-an de majo 1952 en Sofio, Bulgario. En 1977 li finis bulgaran filologion en Sofia Universitato "Sankta Kliment Ohridski", kie en 1973 li komencis lerni Esperanton. Jam en la universitato li aperigis Esperantajn artikolojn kaj poemojn en revuo "Bulgara Esperantisto".

De 1977 ĝis 1985 li loĝis en Budapeŝto, kie li edziĝis al hungara esperantistino. Tie aperis liaj unuaj Esperantaj noveloj. En Budapeŝto Julian Modest aktive kontribuis al diversaj Esperanto-revuoj per noveloj, recenzoj kaj artikoloj.

De 1986 ĝis 1992 Julian Modest estis lektoro pri Esperanto en Sofia Universitato "Sankta Kliment Ohridski", kie li instruis la lingvon, originalan Esperanto-literaturon kaj

historion de Esperanto-movado. De 1985 ĝis 1988 li estis ĉefredaktoro de la eldonejo de Bulgara Esperantista Asocio. En 1992-1993 li estis prezidanto de Bulgara Esperanto-Asocio. Nuntempe li estas unu el la plej famaj bulgarlingvaj verkistoj.

Kaj li estas membro de Bulgara Verkista Asocio kaj Esperanta PEN-klubo.

저자에 대하여

율리안 모데스트는 1952년 5월 21일 불가리아의 소피아에서 태어났다. 1977년 소피아의 '성 클리멘트 오리드스키' 대학에서 불가리아어 문학을 공부했는데 1973년 에스페란토를 배우기 시작했다. 이미 대학에서 잡지 '불가리아 에스페란토사용자'에 에스페란토 기사와 시를 게재했다.

1977년부터 1985년까지 부다페스트에서 살면서 헝가리 에스페란토사용자와 결혼했다. 첫 번째 에스페란토 단편 소설을 그곳에서 출간했다. 부다페스트에서 단편 소설, 리뷰 및 기사를 통해 다양한 에스페란토 잡지에 적극적으로 기고했다. 그곳에서 그는 헝가리 젊은 작가협회의 회원이었다.

1986년부터 1992년까지 소피아의 '성 클리멘트 오리드스키' 대학에서 에스페란토 강사로 재직하면서 언어, 원작 에스페란토 문학 및 에스페란토 운동의 역사를 가르쳤고. 1985년부터 1988년까지 불가리아 에스페란토협회 출판사의 편집장을 역임했다.

1992년부터 1993년까지 불가리아 에스페란토 협회 회장을 지냈다.

현재 불가리아에서 가장 유명한 작가 중 한 명이다.

불가리아 작가 협회의 회원이며 에스페란토 PEN 클럽 회원이다.

Julian Modest estas aŭtoro de jenaj Esperantaj verkoj:

1. "Ni vivos!" -dokumenta dramo pri Lidia Zamenhof. Eld.: Hungara Esperanto-Asocio, Budapeŝto,1983.
2. "La Ora Pozidono" -romano. Eld.: Hungara Esperanto-Asocio, Budapeŝto, 1984.
3. "Maja pluvo" -romano. Eld.: "Fonto", Chapeco, Brazilo, 1984.
4. "D-ro Braun vivas en ni". Enhavas la dramon "D-ro Braun vivas en ni" kaj la komedion "La kripto". Eld.: Hungara Esperanto-Asocio, Budapeŝto, 1987.
5. "Mistera lumo" -novelaro. Eld.: Hungara Esperanto-Asocio, Budapeŝto, 1987.
6. "Beletraj eseoj" -esearo. Eld.: Bulgara Esperantista Asocio, Sofio, 1987.
7. "Ni vivos! -dokumenta dramo pri Lidia Zamenhof -grandformata gramofondisko. Eld.: "Balkanton", Sofio, 1987
8. "Sonĝ vagi" -novelaro. Eld.: Bulgara Esperanto-Asocio, Sofio, 1992.
9. "Invento de l' jarcento" -enhavas la komediojn "Invento de l' jarecnto" kaj "Eŭopa firmao" kaj la dramojn "Pluvvespero", "Enŝeliĝ en la koron" kaj

"Stela melodio". Eld.: Bulgara Esperanto-Asocio, Sofio, 1993.

10. "Literaturaj konfesoj" ⁻esearo pri originala kaj tradukita Esperanto-literaturo. Eld.: Esperanto-societo "Radio", Pazarĝik, 2000.

11. "La fermita konko" ⁻novelaro. Eld.: Al-fab-et-o, Skovde, Svedio, 2001.

12. "Bela sonĝ" ⁻novelaro, dulingva Esperanta kaj korea. Eld.: "Deoksu" Seulo, Suda Koreujo, 2007.

13. "Mara Stelo" ⁻novelaro. Eld.: "Impeto" ⁻ Moskvo, 2013

14. "La viro el la pasinteco" ⁻novelaro, esperantlingva. Eldonejo DEC, Kroatio, 2016, dua eldono 2018.

15. "Dancanta kun ŝarkoj" - originala novelaro, eld.: Dokumenta Esperanto-Centro, Kroatio, redaktoro: Josip Pleadin, 2018

1̶6.̶"La Enigma trezoro" - originala romano por adoleskuloj, eld.: Dokumenta Esperanto-Centro, Kroatio, redaktoro: Josip Pleadin, 2018

17."Averto pri murdo" - originala krimromano, eld.: Eldonejo "Espero", Peter Balaz, Slovakio, 2018

18."Murdo en la parko" - originala krimromano, eld.: Eldonejo "Libera", Lode Van de Velde, Belgio, 2018

19."Serenaj matenoj" - originala krimromano,

eld.: Eldonejo "Libera", Lode Van de Velde, Belgio, 2018

20."Amo kaj malamo" - originala krimromano, eld.: Eldonejo "Libera", Lode Van de Velde, Belgio, 2019

21."Ĉsisto de sonĝj" - originala novelaro, eld.: Eldonejo "Libera", Lode Van de Velde, Belgio, 2019

22."Ne forgesu mian voĉn" -du noveloj, eld.: Eldonejo "Libera", Lode Van de Velde, Belgio, 2020

23. "Tra la padoj de la vivo" -originala romano, eld.: Eldonejo "Libera", Lode Van de Velde, Belgio, 2020

24."La aventuroj de Jombor kaj Miki" -infanlibro, originale verkita en Esperanto, eld.: Dokumenta Esperanto-Centro, Kroatio, redaktoro: Josip Pleadin, 2020

25. "Sekreta taglibro" - originala romano, eld.: Eldonejo "Libera", Lode Van de Velde, Belgio, 2020

26. "Atenco" - originala romano, eld.: Eldonejo "Libera", Lode Van de Velde, Belgio, 2021

울리안 모데스트의 저작들

-우리는 살 것이다!-리디아 자멘호프에 대한 기록드라마
-황금의 포세이돈 - 소설
-5월 비 - 소설
-브라운 박사는 우리 안에 산다 - 드라마
-신비한 빛 - 단편 소설
-문학 수필 - 수필
-바다별 - 단편 소설
-꿈에서 방황 - 짧은 이야기
-세기의 발명 - 코미디
-문학 고백 - 수필
-닫힌 조개 - 단편 소설
-아름다운 꿈 - 짧은 이야기
-과거로부터 온 남자 - 짧은 이야기
-상어와 함께 춤을 - 단편 소설
-수수께끼의 보물 - 청소년을 위한 소설
-살인 경고 - 추리 소설
-공원에서의 살인 - 추리 소설
-고요한 아침 - 추리 소설
-사랑과 증오 - 추리 소설
-꿈의 사냥꾼 - 단편 소설
-내 목소리를 잊지 마세요 - 소설 2편
-인생의 오솔길을 지나 - 여성 소설
-욤보르와 미키의 모험 - 어린이책
-비밀 일기 - 소설
-모해 - 소설

번역자의 말

율리안 모데스트가 1984년에 펴낸 아주 오래된 장편 소설을 번역했습니다.

작가의 자전적 이야기라고 생각합니다. 플라덴이라는 불가리아 대학생 주인공은 아마도 에스페란토 국제모임에서 헝가리의 여대생 안나를 만나 사랑에 빠집니다. 외동아들이지만, 안나와 결혼한 뒤 부모님과 고향을 떠나 헝가리에서 살게 됩니다. 불가리아에서 가져온 제라늄 꽃을 '이것이 적응해서 꽃을 피운다면 나도 헝가리에 잘 적응할 텐데' 하는 마음으로 장인의 정원에 심었습니다. 공장에서 일하며 에밀이라는 아들을 키우고 매주 주말에 늑대 언덕에 있는 장인의 정원에서 꽃, 채소 등을 가꾸며 사는 소박한 생활을 합니다.

안나의 소망처럼 편안한 가정생활입니다.

정원에서 만나는 이웃들의 사소한 이야기가 나오고, 사랑을 찾아 둥지를 떠난 아픔이 실려 있고, 무언가를 원하지만, 가정을 위해 희생하는 아버지를 생각하고, 어떤 것이 더 나은 인생인가 생각하게 만드는 소설입니다.

이 책을 구매하신 모든 분께 감사드립니다.

출판을 계속하는 힘은 구매자가 있기 때문입니다.

율리안 모데스트 작가의 아름다운 문체와 읽기 쉬운 단어로 인해 에스페란토 학습자에게는 아주 유용한 책이라고 생각합니다. 책을 읽고 번역하면서 다시 읽게 되고, 수정하면서 다시 읽고, 책을 출판하기 위해 다시 읽고, 여러 번 읽게 되어 저는 아주 행복합니다.

오태영 (mateno, 진달래출판사 대표)